Alfred Hitchcock
Die drei ???
Gekaufte Spieler

Der Autor:

Alfred Hitchcock (1899–1980) zählt zu den berühmtesten Filmregisseuren der Welt. Er gilt als Meister des psychologischen Krimis und wurde zum Vorbild vieler Filmemacher. Neben den mehr als 50 Filmen, die Alfred Hitchcock drehte, war er auch als Autor tätig. Er schrieb eine ganze Reihe spannender Jugendkrimis, ganz besonderer Beliebtheit erfreut sich seine Serie ›Die drei ???‹.
Bücher von Alfred Hitchcock bei dtv junior: siehe Seite 4

Alfred Hitchcock

Die drei ???
Gekaufte Spieler

Erzählt von Megan Stine und H. William Stine
nach einer Idee von Robert Arthur

Aus dem Amerikanischen von Eva Riekert

Deutscher
Taschenbuch
Verlag

dtv

Titel der Originalausgabe: ›The Three Investigators – Long Shot‹, 1990 erschienen bei Random House, Inc., New York

Von Alfred Hitchcock sind außerdem bei dtv junior lieferbar:
Die drei ??? und die flüsternde Mumie, Band 7022
Die drei ??? und der Super-Papagei, Band 7316
Die drei ??? und die gefährliche Erbschaft, Band 7387
Die drei ??? und das Gespensterschloß, Band 7480
Die drei ??? und das Riff der Haie, Band 70099
Die drei ??? und der Rote Pirat, Band 70143
Die drei ??? und der seltsame Wecker, Band 70168
Die drei ??? und das Aztekenschwert, Band 70221
Die drei ??? und die gefährlichen Fässer, Band 70277
Die drei ??? und der giftige Gockel, Band 70304
Die drei ??? – Gefahr in Verzug, Band 70355

Ungekürzte Ausgabe
März 1996
Deutscher Taschenbuch Verlag GmbH & Co. KG, München

ISBN 3-440-06277-5
Umschlaggestaltung: Klaus Meyer, Simone Fischer
Umschlagbild: Hansjörg Langenfass
Satz: Bembo PostScript 11/13˙ (Diacos, Misomex 540)
Gesamtherstellung: Ebner Ulm
Printed in Germany · ISBN 3-423-70393-8

Inhalt

Spielerglück

Das Geräusch hörte sich wie das unheilvolle, ferne Rumpeln eines Erdbebens an. In Wirklichkeit waren es Füße, Hunderte von Füßen, die in fast einheitlichem Rhythmus auf die Planken unter den Tribünensitzen trampelten. Und dann kamen die Zurufe, in immer schnellerer Folge.

»Ab-wehr! Ab-wehr! Ab-wehr!«

Peter Shaw stand auf dem Spielfeld, rang nach Atem und horchte auf den ohrenbetäubenden Lärm. Jedes Basketballspiel war ein Ereignis, aber dieses Spiel war besonders aufregend. Der Spielstand war unentschieden, die Spieler waren nervös, und Peter wußte, daß der Trainer auf ihn zählte, um Santa Monica am Punkten zu hindern.

Rrrrringggg!

»Auszeit – Rocky Beach!« schallte es über den Lautsprecher.

Peter und die anderen Spieler scharten sich um Trainer Tong, der die Basketball-Mannschaft der Rocky Beach High School trainierte. Trainer Tong schaute jedem seiner Spieler in die Augen – besonders Peter. Mit knapp einem Meter neunzig und rund 90 Kilo war Peter nicht groß für einen Basketballspieler. Er wußte, daß Trainer Tong ein Risiko damit eingegangen war, ihn als Abwehrspieler einzusetzen. Aber Peter war talentiert und zu einem der besten Spieler im Team geworden.

»Uns bleiben noch zwanzig Sekunden«, sagte der Trainer. Mit ein paar Strichen skizzierte er einen Angriff auf eine winzige Tafel, dann wischte er die Zeichnung mit dem Ärmel seines Sweatshirts aus. »Was wollt ihr machen?«

»Gewinnen!« riefen die Spieler im Chor, klatschten die Hände gegeneinander und liefen auf das Spielfeld zurück.

Bevor die Spieler von Santa Monica einliefen, sah Peter kurz zu der Gruppe der Cheerleader. Die Mädchen feuerten die Anhänger von Rocky Beach mit Liedern und Slogans an. Sie tobten und schrien und brachten Stimmung in die Menge. Die hübscheste von allen sah ihn direkt an, während sie sich ihr welliges braunes Haar aus dem Gesicht strich. Jetzt warf sie ihm eine Kußhand zu.

Mann, ist das wirklich wahr? dachte Peter.

Das Mädchen war Kelly Madigan. Sie und Peter gingen jetzt schon ein paar Monate zusammen. Trotzdem war fast alles, was sie sagte, dachte oder tat, völlig unvorhersagbar für Peter. Vielleicht war das der Grund, dachte Peter, warum er sie so gern hatte.

»Da versucht jemand, dir was zu sagen«, bedeutete ihm Bill Konkey, der zweite Abwehrspieler in seiner Mannschaft.

»Ich hab' den Kuß gesehen«, bemerkte Peter verlegen.

»Justus Jonas hat dir einen Kuß zugeworfen?« sagte Bill ungläubig.

»Justus ist hier – bei einem Basketballspiel?« fragte Peter verdutzt.

Sein Blick folgte Bills Finger in Richtung Tribüne, bis er zwei bekannte Gesichter entdeckte. Dort standen Justus Jonas und Bob Andrews. Peter, Justus und Bob waren seit Jahren befreundet. Sie waren die drei ???, das bekannte Detektivtrio von Rocky Beach.

Peter traute seinen Augen nicht. Justus Jonas war zu einem Basketballspiel gekommen – und er hielt die Hand eines Mädchens! Und keineswegs irgendeines Mädchens. Es war Amanda Blythe – eine Superfrau!

Das war ja wirklich schlagzeilenträchtig. Justus Jonas war nämlich ein richtiges Superhirn, nur bei zwei Dingen setzte es bei ihm aus – beim Abnehmen und bei Mädchen. Mit beidem hatte er kein Glück. Und jetzt stand er da und hatte ein Mädchen an der Hand – und grinste. Mit seiner freien Hand winkte er Peter diskret zu.

Bei ihm stand Bob Andrews, der in Justus' schlechtestem Fach eine Eins hatte. Bob kannte sich mit Mädchen aus. Als er vor einigen Jahren Kontaktlinsen bekommen hatte, hatte er sich gleichzeitig eine neue Persönlichkeit zugelegt. Er war einer der gefragtesten Jungen der Schule geworden.

Das Klingelzeichen holte Peter auf das Spielfeld zurück.

»Noch zwanzig Sekunden Spielzeit«, kam die Stimme über den Lautsprecher. »Spielstand 70 zu 70 unentschieden. Rocky Beach spielt an.«

Bill Konkey spielte den Ball zu Harold Dixon, einem Stürmer. Okay, nichts wie ran, sagte sich Peter. Nur noch 15 Sekunden. Ein Stöhnen ging durch die Menge, als der Starspieler von Santa Monica, Terry Nolan, den Ball wegschnappte.

Nolan stürmte direkt auf den Korb zu. Er würde zum Sieg einwerfen – und nur noch 10 Sekunden!

Genau als Nolan zum Wurf ansetzte, sprang Peter hoch. Das Timing war perfekt. Peter traf den Ball, als er von Nolans Hand sprang.

Pleng! Der Ball schlug einmal auf den Boden und dann – *pleng-pleng-pleng* – war Peter im Ballbesitz. Die Menge kreischte. Peter stürmte in die Gegenrichtung.

Fünf Sekunden! Peter wußte, daß die Spieler von Santa Monica hinter ihm her waren, aber er sprang hoch und warf. Der Ball fiel durch das Netz. Zwei Punkte! Dann ertönte das Endsignal.

»Endstand 72 zu 70!« rief die Stimme durch den Lautsprecher. »Rocky Beach gewinnt!«

Die Band setzte ein, und die Cheerleader-Mädchen stürmten aufs Spielfeld. Sie jubelten und tanzten, während die Spieler in die Kabinen liefen.

»Was für ein Wurf!« sagte Bill Konkey und schlug Peter auf die Schulter. Peter nickte lächelnd und warf sich ein Handtuch über den triefend nassen Nacken. Er war total fertig – so fertig, daß er nicht mal unter die kalt-prickelnde Dusche drängen konnte, um sich abzukühlen.

»Peter«, rief jemand nach ihm.

Er drehte sich um und sah einen Mann, einen Fremden, im Gang vor den Umkleidekabinen stehen. Er war um die Vierzig und athletisch gebaut. Er trug eine dunkelrote Windjacke, auf der vorne links ein S in altmodischer Schrift war. Der Mann sah Peter mit festem Blick aus seinen blauen Augen an.

»Peter, kann ich dich 'nen Moment sprechen?« sagte er.

Kein Kalifornier, dachte Peter. Der Detektiv in ihm hatte auf Automatik geschaltet. Seinem Akzent nach kam der Mann aus Boston. Peter ging langsam auf ihn zu.

»Ross Duggan«, sagte der Mann und schüttelte Peters Hand. »Basketball-Trainer vom Shoremont College. Schon von uns gehört?«

»Na klar«, sagte Peter. »Sie sind doch nur 'ne Viertelstunde von Rocky Beach weg. Haben letzte Saison gegen den Oberligisten aus LA gesiegt.«

»Genau«, sagte Trainer Duggan. »Hör mal, ich hatte den Tip gekriegt, dich mal anzuschauen, das hab' ich gemacht. Also, was ich da heute gesehen hab', hat mir nicht schlecht gefallen, und ich will dir einen Vorschlag machen. Du bewirbst dich am Shoremont College, und ich seh' zu, daß du ein Stipendium kriegst – alles inklusive. Und du kannst schon als Erstsemester in das Team einsteigen. Wir sind nicht das größte College, aber nach vier Jahren Training bei mir kann ich garantieren, Peter, daß du in der Nationalliga spielen wirst.«

Peter nahm sein Handtuch und rieb sein schweißnasses rotbraunes Haar. War das zu fassen? Da tauchte dieser Kerl sozusagen aus dem Nichts auf und versprach ihm ein volles Stipendium, wenn er im College-Team Basketball spielte. Da fiel ihm doch nichts mehr ein.

»Überleg dir's mal«, sagte Trainer Duggan und gab Peter eine Visitenkarte. »Du bist schon jetzt gut, Peter.

Aber ich könnte dich ganz groß rausbringen, und du könntest uns helfen, eine Spitzenmannschaft zu werden. Ich meld' mich demnächst wieder.«

Der Trainer machte kehrt und ging.

»Ein Mann voller Selbstvertrauen«, sagte eine Stimme hinter Peter. »Ich würde sagen, einer, der es gewohnt ist, sich durchzusetzen.«

Peter erkannte die Stimme sofort. Er wandte sich um und stand Justus Jonas gegenüber. Bob Andrews war auch dabei.

Justus und Bob sahen aus wie Pat und Patachon. Justus, mit 1,76 der kleinste der drei Detektive, trug brandneue dunkelblaue Bluejeans – auch wenn der Rest der Schule ausgebleichte Jeans trug, allesamt stonewashed. Außerdem hatte er ein zu enges T-Shirt an mit der Aufschrift: ICH ESSE – ALSO BIN ICH. Was sein Bauch mühelos bewies. Wie gewöhnlich war sein glattes schwarzes Haar zerzaust.

Bob dagegen lag voll im Trend mit seinem roten Polohemd, das ihm zu seiner gebräunten Haut und dem blonden Haar gut stand; dazu trug er Jeans, natürlich stonewashed, und Mokassins ohne Socken.

»Justus!« Peter sah sich fragend um. »Was ist mit Amanda Blythe passiert? Ich hab' euch zusammen auf der Tribüne gesehen, und mich hat fast der Schlag getroffen.«

Justus räusperte sich. »Ich bin zu dem Ergebnis gekommen, daß sie nicht mein Typ ist«, sagte er finster.

»Häh?« fragte Peter. »So plötzlich?«

»Amanda wollte nur Carl Thames eifersüchtig machen«, erklärte Bob. »Und weil Carl so ungefähr der dämlichste Typ in der Schule ist, hat sie gemeint, um ihn zu ärgern, sei es das beste, mit dem Superhirn zu flirten.«

»Ah ja«, sagte Peter lachend. »Hat es gewirkt?«

»Offensichtlich ja«, antwortete Justus und hielt sich mit schmerzverzerrtem Gesicht den Bauch.

»Du kannst von Glück sagen, daß Carl dir nur eins in den Magen versetzt hat«, sagte Bob. »Ich hab' gedacht, gleich reißt er dir den Kopf ab und geht damit kegeln.«

Justus seufzte und wechselte das Thema. »Wer war der Typ in der dunkelroten Jacke?« fragte er Peter.

»Trainer Duggan, der Basketball-Trainer vom Shoremont College.«

»Wollte er dir sagen, daß du heute abend echt umwerfend warst? Warst du nämlich«, meinte Bob und deutete einen Sprungwurf mit imaginärem Ball an. »Du hast mit deinem bravourösen Einsatz das Match gewonnen und Terry Nolan als totalen Depp erscheinen lassen.«

Peter grinste, als er an die Schlußsekunden des Spiels dachte. »Ja, ich war ganz gut drauf. Jetzt haltet euch mal fest! Trainer Duggan hat mir soeben ein volles Stipendium fürs Shoremont College angeboten. Er sagt, ich kann gleich als Erstsemester spielen.«

»Das ist stark, Mann!« staunte Bob.

Gedankenvoll kniff sich Justus in die Unterlippe. »Ein volles Stipendium, nur um Basketball zu spielen?« fragte er. »Für Sprungwürfe und für Freibälle?«

»Für Freiwürfe und Sprungbälle«, korrigierte Peter seinen Freund.

»Schon gut, von Sport versteh' ich nichts«, sagte Justus.

»Aber etwas weiß ich. Wenn dich *ein* College für dermaßen gut hält, dann tun das andere sicher auch. Ich rate dir, keine überstürzte Entscheidung zu treffen.«

»Andere Colleges?« echote Peter. »Justus, nun bleib mal auf dem Teppich. Ich geh' erst mal duschen, und dann teff' ich mich mit Kelly. Bis morgen, Jungs.«

Als Peter alleine in der Kabine war und das kalte Wasser auf ihn runterprasselte, spielte er das Match im Geist noch mal durch. Und dachte darüber nach, was Justus gesagt hatte. Andere Teams könnten an ihm interessiert sein? Wie viele? Fünf? Zehn? Wäre es nicht einfach irre, wenn alle sich um ihn reißen würden, um ihn, Peter Shaw, B-Ball-Superstar?

Als er abgetrocknet, abgekühlt und angezogen war, trat er aus der Umkleidekabine.

»Peter!« rief Kelly Madigan, kam angerannt und warf ihm die Arme um den Hals.

»Hallo, Kleines«, sagte Peter und drückte seine Freundin an sich.

»Weißt du, wie absolut super du heute abend warst, Peter? Auf einer Skala von eins bis zehn kriegst du zwanzig Punkte!«

Peter grinste. »Komm, Kelly. Laß uns fahren. Ich muß dir was erzählen.«

Peter wollte sich hinter sein Steuer klemmen, da fühlte er sich immer am wohlsten – überhaupt mit Autos. Wenn er nicht gerade mit Justus und Bob Fälle löste, dann kaufte Peter alte Autos, möbelte sie auf und verkaufte sie meistens mit Gewinn weiter.

Auf dem Weg zum Parkplatz erzählte Peter Kelly von dem College-Trainer, der nach dem Spiel auf ihn gewartet hatte. Er war gerade mit seiner Geschichte fertig, als sie bei seiner neuesten Errungenschaft ankamen, einem zwanzig Jahre alten Cadillac Fleetwood. Peter fuhr ihn erst seit einem Monat, aber Kelly hatte ihm gleich einen Spitznamen gegeben: die Arche. Der Wagen war ziemlich heruntergekommen, aber Peter konnte sich eine gründliche Reparatur nicht leisten. Er war einer seiner typischen 700-Dollar-Gelegenheitskäufe gewesen, nach dem Motto: Wenn man ihn starten kann, kann man ihn auch fahren.

Peter öffnete Kelly die Tür – nicht nur aus Höflichkeit, sondern weil er als einziger kräftig genug war, um die Beifahrertür zu öffnen. Als er auf der Fahrerseite einstieg, reichte Kelly ihm einen Umschlag.

»Hallo, was haben wir denn da? Ich hab' doch nicht Geburtstag, Kleines«, sagte Peter.

Kelly schüttelte den Kopf. »Lag auf dem Sitz.«

Peter knipste die Innenbeleuchtung an und betrachtete den Umschlag. Vor dem Spiel war er noch nicht dagewesen. PETER SHAW war in Großbuchstaben vorne draufgetippt. Peter riß eine Seite des Umschlags auf und schüttelte den Inhalt heraus.

»Waas?« keuchten Peter und Kelly gleichzeitig.

Aus dem Umschlag rutschten Hundert-Dollar-Noten. Und zwar eine Menge. Während Kelly das Geld zusammenlegte und zu zählen begann, las Peter die Notiz, die ebenfalls aus dem Umschlag gerutscht war. Dort stand:

»Shoremont braucht Dich! Spiel Basketball für Shoremont, und Du wirst über die Maßen belohnt. Dies hier ist nur der Anfang.«

»Peter«, sagte Kelly. Sie sah durcheinander und ein bißchen besorgt aus. »Das sind dreitausend Dollar!«

Durch die Hintertür

Peter und Kelly saßen eine ganze Weile in dem alten Cadillac. Stumm starrten sie auf die dreitausend Dollar, lauter knisternde neue Hunderter, die Kelly wie einen Fächer in der Hand hielt.

»Was hat das zu bedeuten?« fragte Kelly schließlich.

Statt einer Antwort startete Peter den Motor.

»Wohin fahren wir?« fragte Kelly.

»Ich muß es Justus und Bob erzählen«, war Peters Antwort.

Er trat das Gaspedal durch, und nach kurzem Zögern bewegte sich der unförmige Wagen schlingernd aus dem Parkplatz. Peter gab Vollgas in Richtung Gebrauchtwaren-Center T. Jonas.

Justus Jonas wohnte mit Onkel Titus und Tante Mathilda in einem Haus, das dem Gebraucht- und Trödelmarkt gegenüber auf der anderen Straßenseite lag. Auf einer abgelegenen Seite des Schrottplatzes – denn um einen solchen handelte es sich letzten Endes – stand ein verlassener Campingwagen, den Justus vor Jahren als Zentrale der drei ??? übernommen hatte. Seit die drei ??? auf der High School waren, hingen sie allerdings mehr in Justus' Elektronik-Werkstatt rum, die sich an den Campingwagen anschloß. Bob nannte sie Frankensteins Labor, weil Justus hier alte elektronische Anlagen wieder zum Leben erweckte.

Mit einer Fernsteuerung öffnete Peter die großen Eisentore, die in das Gebrauchtwaren-Center führten. Sein alter Cadillac bog ein und rollte langsam aus. Mit Tuckern und Röcheln erstarb der Motor.

Peter und Kelly betraten die Werkstatt. Bob saß auf einem Hocker, hörte Musik in Disco-Lautstärke und las ein Musikmagazin. Justus war an seiner Werkbank beschäftigt.

»Hey! Wie findet ihr das?!« rief Bob, als er Peter und Kelly sah. »Das ist die neue Band, die ich vielleicht managen kann!« Bob arbeitete nach der Schule und an Wochenenden in Sax Sendlers Agentur für Rockmusik-Talente ›Rock-Plus‹. Manchmal war er so in Anspruch genommen, daß ihm für ihre Fälle kaum Zeit blieb. »Stark, was?« sagte er und nickte mit dem Kopf in Richtung Lautsprecher.

Aber bevor Peter antworten konnte, stellte Justus die Musik ab. »Die beiden sind nicht zum Musikhören hergekommen. Irgendwas ist doch am Dampfen.«

»Woher weißt du das?« fragte Kelly.

»Weil Peter händchenhaltend reinkommt, was er sonst hier im Büro nie tut. Und weil seine Knöchel ganz weiß sind, merke ich, daß er dich ganz fest hält.«

»Justus kennt sich seit neuestem gut mit Händchenhalten aus«, witzelte Bob.

Peter grinste. Es ging ihm bereits besser. Justus hatte eben den Durchblick. »Seht euch das mal an, Jungs«, sagte er und warf den Umschlag mit der Schreibmaschinennotiz und dem Geld auf den Tisch.

Bob und Justus stürzten sich auf das Geld.

»Mann«, staunte Bob, und Justus ließ den kleinen Schraubenzieher in seiner Hand fallen. Er nahm eine Banknote an der äußersten Ecke hoch.

»Schöner Mist, daß du nicht nach Fingerabdrücken gesucht hast, bevor du ihn aufgemacht hast«, sagte er.

Kelly lachte. »Jus, keiner außer dir würde seine Post nach Fingerabdrücken absuchen, eh' er sie aufmacht.«

Aber Justus lachte nicht. Statt dessen hielt er die Note gegen das Licht und prüfte das Wasserzeichen.

»Wißt ihr eigentlich, was ich mit dreitausend Dollar machen könnte?« Aufgeregt lief Peter hin und her und fuhr fort: »Ich könnte die Kiste praktisch in fabrikneuen Zustand bringen. Also, die Hinterradaufhängung ist im Eimer, ich müßte die Ventile erneuern . . .«

»Peter«, unterbrach ihn Kelly und gab ihm einen Schubs, »das ist Bestechungsgeld. Du darfst es nicht anrühren.«

»Hey, das weiß ich doch, Kleines«, sagte Peter. »Aber man wird doch träumen dürfen.«

»Mann«, sagte Bob, »ich hab' schon mal von Abwerbeskandalen um Sportler für das eine oder andere College-Team gelesen, aber man erwartet doch nicht, daß so was hier bei uns passiert. Nicht in Rocky Beach, Kalifornien.«

»Was meinst du, Justus?« fragte Peter. »Sieht nach Trainer Duggan von Shoremont aus, hm? Kommt daher und sagt ›Spiel für mein Team‹, und zwanzig Minuten später geh' ich an meine Karre, und sie sieht wie ein Geldautomat aus.«

Justus legte die Banknote weg. »Hat Trainer Duggan irgendwas über Geld gesagt oder daß er was daläßt? Hast du den Eindruck gehabt, daß er was springen lassen will?«

»Dreimal *Nein*.«

»Folglich können wir auch nicht sicher sein, daß er hinter der Bestechung steckt«, sagte Justus mit einem Achselzucken. »Er hat dir nur ein Stipendium angeboten, das ist vollkommen legal.«

»Was machen wir jetzt? Die Akademische Aufsichtsbehörde anrufen?« fragte Bob.

»Nein, ich finde, wir müssen am Montag den Bestechungsfall dem Präsidenten von Shoremont College melden«, sagte Justus. »Und ihm anbieten, daß wir den Fall untersuchen. Sportlern Geld anzubieten ist nicht verboten – es ist nur unmoralisch und gegen die Bestimmungen der Akademischen Aufsichtsbehörde. Wetten, daß der Präsident von Shoremont ziemlich schnell wissen will, was da los ist?«

»Okay! Sieht aus, als ob wir einen neuen Fall hätten«, sagte Peter.

»Tja«, sagte Bob, »die Sache hat nur einen Haken.«

»Sag bloß«, meinte Justus, »du kannst am Montag nicht, stimmt's?«

»Genau. Winterferien, du weißt doch«, sagte Bob. »Zwei Wochen keine Schule. Da erwartet Sax, daß ich jeden Tag in der Nachwuchs-Agentur auftauche. Aber ihr wißt, daß ihr auf mich zählen könnt, Jungs.«

»Ja, ja, im Geist«, seufzte Justus.

Am Montag morgen fuhren Peter und Justus zum Shoremont College, das zwei Meilen von Rocky Beach entfernt in einem hübschen kleinen Campus mit alten Bäumen lag. Peter hatte sich speziell für den Anlaß angezogen und trug sein gelb-rotes Rocky Beach High School-Sportjackett. Damit man auch sehen konnte, daß er wirklich für die High School Basketball spielte. Justus trug ein T-Shirt mit dem Bild des Philosophen Plato.

Sie parkten die Arche vor dem modernen dreistöckigen Ziegelbau, in dem die Verwaltung war, und nahmen den Aufzug in den obersten Stock.

»Womit kann ich euch helfen?« fragte eine ältere Empfangsdame, die ihre Brille ins Haar hochgeschoben hatte.

»Wir würden gerne den Präsidenten des College sprechen«, sagte Justus. »Es handelt sich um eine äußerst dringliche Angelegenheit.« Justus konnte sehr erwachsen klingen, wenn er wollte.

Die Empfangsdame sprach über die Sprechanlage mit dem Präsidenten und führte Justus und Peter in ein Büro mit riesigen Fenstern, die über zwei Wände reichten. Ein

Mann saß auf der Kante eines imponierenden Schreibtisches aus hochpoliertem Walnußholz. Er war so um die Dreißig, sehr jung für den Präsidenten eines College. Er trug Hemd und Krawatte, aber statt eines Anzugjacketts hatte er eine bequeme Strickjacke an. »Hallo«, sagte er und lachte freundlich, als er ihnen zur Begrüßung entgegenkam. »Ich bin Chuck Harper. Was kann ich für euch tun?«

Wortlos griff Justus in seine Brieftasche und reichte ihm ihre Karte.

»Die drei ??? . . .?« sagte Präsident Harper. »Ich seh' nur zwei. Aber gut, was seid ihr – eine Rock-Band? Ich bin ja fast ein Mädchen für alles in diesem Laden, aber ich stelle keine Bands ein.«

Justus räusperte sich. »Präsident Harper, ich bin Justus Jonas. Das hier ist Peter Shaw. Bob Andrews, unser dritter Partner, ist unabkömmlich. Wir sind keine Rock-Musiker, wir sind Detektive.«

Der Präsident des College schaute verständnislos drein, bis Justus ihm die Notiz und das Geld, die in Peters Auto gelegen hatten, reichte. Nun wurde Harpers Gesicht sehr ernst.

»Ich hab's in meinem Auto gefunden, kurz nachdem Trainer Duggan bei mir war«, erklärte Peter.

»O nein.« Präsident Harper stöhnte und ließ sich schwer auf ein großes Ledersofa fallen, das vor einer der Fensterwände stand. Er sah hinaus und schwieg einen Augenblick. »Versteht ihr, da sitze ich hier oben und schau' auf meinen Campus hinunter und denke, daß ich über alles da unten Bescheid weiß. Und dann kommt so was und trifft einen voll in die Magengrube.« Dann war er schon wieder auf den Füßen. »Aber hört mal gut zu, ihr könnt nicht einfach hier herkommen und meinen Trainer beschuldigen, daß er mit Bestechungsgeldern hantiert. Ich brauch' Beweise – beweist erst mal, daß es Duggan ist.«

»Das können wir nicht«, sagte Justus bestimmt. »Und wir haben auch nicht gesagt, daß es Trainer Duggan war. Ganz so schlechte Detektive sind wir nicht.«

»Aber leider *ist* es ja Duggan«, sagte Präsident Harper und setzte sich wieder.

Selbst Justus war von dieser Bemerkung überrascht. Nach einer weiteren Pause fuhr Harper fort: »Es ist nämlich so – aber das bleibt unter uns – es gibt da so ein Gerücht, daß Duggan an der letzten Schule, wo er Trainer war, unsaubere Methoden benutzt hat, um vielversprechende Spieler im Team zu halten. Man konnte ihm nie was nachweisen, aber der Ruf der Schule war hin. Ich habe gewußt, daß ich mit Duggan ein Risiko eingehe, aber ich dachte, er sei unschuldig. Er ist ein ausgezeichneter Trainer.«

Präsident Harper sah wieder aus dem Fenster. »Da geht er gerade«, sagte er und deutete auf eine Figur in dunkelroter Jacke und dunkelroter Mütze. Der Mann spazierte über den Campus. »Da geht Trainer Duggan.«

Justus und Peter traten ans Fenster und sahen hinaus.

»Na ja«, fuhr Harper fort, »das Geld für so eine Sache hätte er schon. Er hat ein großes Budget zur eigenen Verfügung angefordert. Er könnte die Jungs also bezahlen, ohne daß ich es wüßte. Aber auf Shoremont kommen Schmiergelder nicht in Frage!«

Unten verschwand Duggan aus ihrem Blickfeld.

»Also gut«, sagte der Präsident, »wenn die drei ??? diese Bestechungsaffäre untersuchen sollten, was würdet ihr machen, um nicht bemerkt zu werden?«

Darüber mußte Justus nicht eine Sekunde nachdenken. »Wir würden von innen und von außen vorgehen. Damit meine ich, daß Peter von außen an den Fall geht, indem er ein Sparkonto einrichtet und das Bestechungsgeld einzahlt. Er würde Interesse vortäuschen, falls und wenn er wieder angesprochen würde.«

»Und von innen her?« fragte Harper.

»Einfach.« Justus grinste beflissen, dann eröffnete er seinen Plan. »Ich schreib' mich in Shoremont ein und besuche die gleichen Kurse wie die Basketballspieler. Auf diese Weise lerne ich sie kennen und kann rausfinden, wer Geld annimmt. Es müßte klappen, denn das Wintersemester hat ja gerade angefangen, und in Rocky Beach sind jetzt zwei Wochen Schulferien – ich versäum' also keinen Unterricht. Vielleicht kann ich auch ein paar Spielern Nachhilfe geben.«

Präsident Harper schüttelte den Kopf. »Zu schwierig, Justus. Um das durchzuziehen, müßtest du eigentlich an allen College-Kursen teilnehmen.«

Statt einer Antwort hob Justus nur eine Augenbraue.

»Präsident Harper«, sagte Peter, »es gibt nur eine Sache, die größer als Justus' IQ ist, und das sind die Staatsschulden.«

Präsident Harper mußte lachen, während er sich in den Drehsessel hinter seinem Schreibtisch setzte. »Es könnte klappen«, dachte er laut vor sich hin. »Ich könnte die Stundenpläne der Basketballspieler besorgen, dann könntest du dieselben Kurse besuchen.«

Justus nickte, und Präsident Harper nahm den Hörer vom Telefon. Leise sprach er mit jemandem vom Studentensekretariat. »Ich schicke einen jungen Mann namens Justus Jonas runter«, sagte er. »Händigen Sie ihm bitte folgendes aus . . .«

In ein paar Minuten war alles perfekt.

»Aber es darf *niemand* etwas davon erfahren«, sagte er, als er aufhängte. »Und ich werde *nichts* unternehmen, solange ihr nicht eindeutige Beweise für Duggans Schuld findet.«

»Geht in Ordnung«, sagte Justus.

In dem Augenblick summte Präsident Harpers Sprechanlage. Er nahm den Hörer ab und hörte seiner Empfangsdame zu. »Sagen Sie ihm, daß ich in einer Minute komme, Ginny. Danke!«

Präsident Harper hängte auf und rieb sich gedankenvoll das Kinn. »Draußen wartet John Hemingway Powers auf mich«, sagte er. »Er ist ein Ehemaliger von Shoremont, und er hat uns gerade so viel Geld zur Verfügung gestellt, daß wir eine neue Sporthalle und Sportanlagen bauen können. Wenn er rausfindet, was ihr hier macht, wenn er auch nur die leiseste Andeutung eines Sportskandals wittert, dann würden wir von ihm keinen Pfennig sehen.«

»Das wird nicht passieren«, sagte Peter.

»Ich will nur, daß ihr euch über die Situation im klaren seid. Die Sache ist top secret«, betonte Präsident Harper. Er schüttelte ihnen wieder die Hände. »Wenn ihr was braucht, ruft mich an. Aber kommt nicht mehr in mein Büro – sonst könntet ihr auffliegen. Und am besten geht ihr diesmal durch meine private Hintertür raus.«

Justus und Peter schlüpften durch die Hintertür in ein Treppenhaus, das zur Anmeldung im ersten Stock führte.

»Ein Traum wird wahr«, strahlte Justus.

»Das ist ein cooler Fall, stimmt echt«, sagte Peter.

»Doch nicht der Fall«, sagte Justus, »das College!«

Ganz cool

Als sie vor der Tür des Studentensekretariats standen, sah Justus Peter mit seinem ›Was-machst-du-denn-hier-Blick‹ an.

»Wir sollten uns lieber trennen«, zischte er.

»Trennen?«

Justus zog eine Grimasse. »Peter«, sagte er, wobei er versuchte, seinen Freund nicht anzusehen und wie zufällig dazustehen, »ich bin sozusagen inkognito. Ich soll doch jetzt ein College-Student sein. Und du bist Schüler der High School. Niemand darf merken, daß wir uns kennen. Würdest du also bitte verschwinden?«

»Schon gut, Mr. Megahirn. Aber du denkst nicht weit genug, Justus. Wenn ich verschwinde, wie kommst du dann heim? Du hast doch kein Auto.«

»Das weiß ich«, sagte Justus. »Aber ich bin jetzt Student, und wir Studenten sind es gewohnt, unabhängig zu sein und selbst Problemlösungen zu finden. Wir treffen uns heute abend in der Zentrale, und ich erzähl' dir dann alles – falls ich nicht zu viel lernen muß.«

»Du bist der einzige Kerl, den ich kenne, der bei dem Wort Lernen lachen kann«, sagte Peter kopfschüttelnd. »Bis dann.«

Justus wartete, bis Peter außer Sicht war, dann ging er ins Studentensekretariat. Ein paar Minuten später hatte er alles, was er brauchte, um sich in Shoremont einzuschreiben. Er bekam ein Handbuch für Studenten, einen total unübersichtlichen Plan vom Campus und einen Studentenausweis. Aber er hatte noch etwas bekommen, was keiner der anderen Studenten hatte: einen Computerausdruck mit allen Kursen, an denen Basketballspieler teilnahmen.

Justus ging hinaus und überflog den Ausdruck rasch. Er markierte die Kurse, die er besuchen mußte. Die meisten waren ziemlich einfach – Einführung ins Bogenschießen, Psychologie des Familienverbandes, Geschichte des Fernsehens. Die Jungs haben ja leichte Fächer, dachte Justus. Wo soll ich anfangen?

Die Uhr in dem Turm, der mitten auf dem Campus

stand, schlug eins. Justus warf noch einen Blick auf den Stundenplan. Walt Klinglesmith, einer der Abwehrspieler im Basketball-Team, hatte um ein Uhr Chemie im naturwissenschaftlichen Gebäude, Mars Hall. Gut, das war ein Kurs ganz nach Justus' Geschmack.

Der Campus begann sich mit Studenten zu füllen, die zu Fuß, mit dem Skateboard oder auf Rädern von einem Gebäude zu einem anderen eilten. Stundenwechsel. Justus mußte sich beeilen.

Er hielt den nächstbesten Studenten an und fragte ihn nach dem Weg. »Wo ist Mars Hall? Ich hab's eilig.«

»Mars Hall?« meinte der Typ. »Naturwissenschaften? Diese Verrückten, die immer mehr Bomben bauen wollen? Nicht meine Szene, Mann.« Und er ließ ihn stehen.

College ist wohl doch etwas anders, als ich mir das vorgestellt habe, sagte sich Justus. Er zog den Plan vom Campus raus und hoffte, daß er sich zurechtfinden würde.

Es stellte sich raus, daß Mars Hall ein alter Steinbau war, ganz anders als das moderne Verwaltungsgebäude. Justus ging durch düstere Gänge mit altertümlicher, schwacher Beleuchtung, bis er zum Hörsaal 377 kam. Er fand ein Chemielabor mit mehreren Reihen von Labortischen, die alle mit Becken, Bunsenbrennern, Chemikalien und Reagenzgläsern ausgestattet waren. An den Tischen saßen ungefähr vierzig Studenten, die sich unterhielten und auf den Professor warteten.

Justus trat ein, halb in der Erwartung, daß jemand aufstehen und mit ausgestrecktem Finger sagen würde: »Schaut ihn euch an, das ist doch einer von der High

School!« Aber keiner stand auf. Niemand rief was. Keiner nahm Notiz von ihm. Er schlüpfte um die Ecke und tat so, als ob er einen freien Laborhocker suchte. In Wirklichkeit ging er durch die Reihen und versuchte abzuschätzen, wer Walt Klinglesmith war.

Er spielt Basketball, dachte Justus. Also ist er wahrscheinlich der längste hier.

Aber diese Theorie ging daneben. Die größte Person in dem Hörsaal war ein Mädchen. Bestimmt gut zwei Meter. Ihre schwarzen Lederstiefel hatten fast die Höhe von Justus.

Okay, wie war's damit? Die Basketball-Saison ist halb vorbei, dachte Justus. Wenn es rauh hergegangen ist, hat Walt sicher eine Verletzung.

Er überflog den Raum noch mal, und tatsächlich! Da war er ja. Justus ließ sich neben einem Typ mit bandagiertem Handgelenk nieder.

Der Typ hatte ein ledergebundenes Notizbuch vor sich auf dem Tisch liegen, in dessen unterer Ecke die goldenen Buchstaben W. K. geprägt waren. Walt Klinglesmith. Auf dem Notizbuch lag ein superteurer Mont Blanc-Füller.

Folgerung: Walt hatte Knete. Woher wohl? Aus dem Budget von Trainer Duggan?

In dem Moment stoppte das Gemurmel im Saal auf einmal. Der Prof war hereingekommen. Ein kleiner, weißhaariger Mann spazierte an die Tafel und fing an, ein paar Wörter anzuschreiben: HUNDEFUTTER, KOPFSALAT, ESSIG, SEIFE . . .

Justus starrte die Liste an. Diese Dinge mußten alle eine

gemeinsame chemische Verbindung haben, aber er hatte keinen blassen Schimmer, welche. Das College war doch schwieriger, als er gedacht hatte.

»Professor Wevans«, fing ein Student verständnislos an.

Der Professor lachte und drehte sich zu den Studenten um. »Nein, das ist kein Quiz über die Elemente. Das sind nur Sachen, die ich heute abend auf dem Heimweg für meine Frau einkaufen muß. Ich mußte sie nur eben aufschreiben, damit ich sie nicht vergesse.«

Die Studenten lachten, und inzwischen schrieb der Professor verschiedene chemische Gleichungen an die Tafel. Dann rief er die Studenten auf.

Ganz cool, sagte sich Justus. Ruhig bleiben und bedeckt halten. Er konnte die Frage beantworten, aber er hatte Besseres zu tun, als auf sich aufmerksam zu machen. Solange er die Hand nicht hob, würde ihn vielleicht niemand weiter bemerken . . .

»Falsch, Mr. Frankel, total falsch«, sagte Professor Wevans gerade. »Gibt es denn *keinen*, der die Gleichung lösen kann?«

Justus hielt es nicht mehr aus. Er hob die Hand und platzte mit der richtigen Antwort raus.

»Danke«, sagte der Prof, »das war die umfassendste Antwort, die ich seit langem gehört habe.« Er starrte Justus einen Moment lang stumm an, dann sagte er: »Entschuldigen Sie, junger Mann, sind Sie in der richtigen Vorlesung? Ich habe Sie hier noch nie gesehen.«

O nein, dachte Justus, mein Inkognito ist flöten.

»Äh, hm«, stammelte er, »ich verschlaf' nämlich meistens und hab' ein paar Vorlesungen versäumt.«

»Verschlafen?« sagte der Prof, »es ist ein Uhr mittags. Wie heißen Sie?«

»Jonas. Justus Jonas.«

»An den Namen könnte ich mich garantiert erinnern, Mr. Justus Jonas«, sagte Professor Wevans. »Darf ich Ihnen den Rat geben, sich eiligst einen lauteren Wecker zu besorgen?«

»Mach' ich«, sagte Justus.

»Mr. Klinglesmith, können Sie die nächste Gleichung lösen, bitte sehr?« sagte der Prof.

»Äh, sicher«, sagte Walt. Er starrte auf die Gleichung an der Tafel. Und Justus beobachtete sein Gesicht.

Er kriegt diesen Ausdruck, dachte Justus. Hab' ich schon millionenfach gesehen. Langsam aufsteigende Panik, totale Verwirrung, absoluter Blackout. Er weiß die Lösung nicht, und das ist die Gelegenheit, um Kontakt zu knüpfen. Ohne sein Gesicht zu verziehen, nahm Justus Walts teuren Füller und schrieb unauffällig -2 auf einen Zettel.

Walt räusperte sich. »Äh, minus zwei«, sagte er.

»Sehr gut«, sagte Professor Wevans und wandte sich einem neuen Thema zu.

Am Ende der Stunde richtete es Justus so ein, daß er genau einen Schritt vor Walt aus dem Raum ging. Auf dem Gang zog er den Zettel mit -2 raus und gab ihn dem Basketballspieler.

»Für dich«, sagte Justus. »Andenken.«

Walt lachte. »Danke, Mann«, sagte er grinsend. »Und vielen Dank für die Hilfe. Hätte die Lösung sicher rausgekriegt, aber bei mir geht immer die Klappe runter, wenn ein Prof mich anspricht.«

Justus kniff die Augen zusammen. Walt gab ihm im Weitergehen den Mont Blanc-Füller.

»Da, behalt ihn«, sagte er.

»Ja, aber –« wollte Justus gerade protestieren.

»Ich hab' Dutzende«, sagte Walt mit einem fast verlegenen Grinsen.

Interessant, dachte Justus, wobei er es vermied, sein Interesse zu zeigen.

»Hör mal, Walt«, sagte er obenhin, »Chemie ist eigentlich ganz logisch. Wenn du willst, kann ich dein Grundwissen aufmöbeln.«

»Du meinst, als Tutor?« fragte Walt. »Hey – super Idee. Das Problem ist, ich hab' nicht viel Zeit. Vielleicht nach dem Basketball-Training.«

»Allerdings nicht ganz umsonst, klar?« sagte Justus. »Ein Tutor von meinem Wissensstand ist nicht billig.«

»Kein Problem, Kumpel. Sag wieviel. Geld spielt für mich keine Rolle. Okay?« Walt streckte ihm die Hand entgegen. Am Ringfinger trug er einen klotzigen silbernen Ring, auf dem in goldenem Schriftzug *Walt* stand.

Justus schüttelte ihm die Hand und lachte, während er bei sich dachte: Dein Geld will ich nicht, Walt. Ich will nur wissen, wo es her ist. Und du hast zwei Wochen, um es mir zu sagen!

Kelly macht das Spiel

Gleich nach dem ersten Läuten wurde der Telefonhörer abgenommen.

»Die drei Fragezeichen. Sie sprechen mit Peter Shaw.«

»Peter«, sagte Justus tonlos.

»Justus? Justus, wo bist du? Es ist schon sechs. Kelly und ich warten hier seit einer Stunde. Wir sind am Verhungern.«

»Ich bin im Shoremont Campus-Buchladen. Aber der Bus kommt erst in einer Stunde. Wenn ich warte, bin ich erst in zwei Stunden zu Hause.« Justus versuchte, nicht allzu verzweifelt zu klingen.

»Ach so, dann kommst du also erst um acht«, sagte Peter. »In Ordnung, danke für den Anruf.«

»*Peter*, nicht aufhängen!« sagte Justus. »Hör mal, du mußt mich abholen, okay? Sonst sitz' ich hier die halbe Nacht fest.«

»Ach nee, Justus«, sagte Peter. »Ich dachte, du bist jetzt *College*-Student. Ich bin doch nur Schüler. Du hast ja gesagt, wir sollten nicht zusammen gesehen werden. Du hast gesagt, daß du deine Probleme selbst löst und eine eigene Superlösung findest.«

Justus klopfte mit dem Fuß auf den Boden. »Genau, das ist meine Lösung«, sagte er. »Du holst mich ab. Okay?«

»Also wirklich, du solltest dir ein eigenes Auto anschaffen, Justus. Echt.«

Das war zuviel. Justus zuckte zusammen. Ein Auto war sein sehnlichster Wunsch – besonders, seit er seine beiden vorigen Wagen zu Schrott gefahren hatte –, und Peter wußte das genau.

»Peter«, sagte er wütend, »wenn du mich nicht sofort abholst, kriegst du *kein* Wort über meine Fortschritte in unserem Fall zu hören!«

»Läuft's gut?«

»Die Bestechungen haben Ausmaße – viel größer, als wir gedacht haben. Mehr, wenn du kommst.«

»Bin schon unterwegs«, sagte Peter.

In weniger als einer Stunde waren Justus und Peter in der Zentrale der drei ???. Justus trug ein brandneues Sweatshirt von Shoremont College, das er in dem Buchladen gekauft hatte, während er auf Peter wartete. Um sich ein bißchen zu rächen, hatte er auf dem Heimweg kein Wort von dem Fall erzählt. Kurz nach ihnen fuhr Kelly mit zwei Pizzas in ihrem Wagen vor.

»Hat dir Peter gesagt, was für eine Pizza ich zur Zeit will?« fragte Justus.

»Ja, Jus«, sagte Kelly. »Eine Mini-Pizza in einem großen Pizza-Karton. Aber was soll das?«

»Seine neueste Diät«, erklärte Peter und schnappte sich ein Stück von der großen Pizza, die er mit Kelly teilte.

»Jus, wieviel verrückte Diäten hast du schon ausprobiert?«

»Müßte mal in meiner Datei nachsehen, aber so ungefähr zwanzig«, sagte Justus.

»Diese ist auf jeden Fall die bescheuertste«, sagte Peter.

»Sie ist doch total logisch«, sagte Justus. »FDH – friß die Hälfte. Man kann essen, was man will, aber immer nur eine halbe Portion.« Justus nahm ein Stück von seiner Pizza, schnitt es in zwei Hälften und legte eine Hälfte auf seinen Teller. Als er die Hälfte verspeist hatte, schnitt er ein weiteres Stück in zwei Hälften und machte sich über eine der Hälften her.

»Da kann man ja nicht zusehen«, sagte Kelly.

»Echt, Justus. Total daneben«, sagte Peter. »Jetzt hast du zwei halbe Stücke gegessen, ja? Warum ißt du nicht gleich ein *ganzes* Stück?«

»Psychologie«, erwiderte Justus. »Aber das kapierst du nicht.«

»Na gut, Justus«, sagte Peter zwischen zwei Bissen, »was ist denn nun in Shoremont gelaufen?«

»Ich hab's geschafft, daß ich einem von den Basketballspielern Privatstunden gebe – Walt Klinglesmith«, sagte Justus. »Scheint in Geld zu schwimmen.«

Peter und Kelly nickten erwartungsvoll.

»Nach Chemie war ich in zwei schwachen Vorlesungen, hab' gehofft, noch zwei Spieler zu treffen. Aber anscheinend haben sie beide geschwänzt. Dann bin ich in die Sporthalle, in der Hoffnung, beim Training zuschauen zu können, aber das Team war nicht da. Nur die Cheerleader-Mädchen, die ihre Slogans zum Anfeuern übten.«

»Und was haben die erzählt?« fragte Kelly.

»Ach, eigentlich nichts«, sagte Justus, wurde rot und schaute ziemlich betreten drein.

»Mit anderen Worten, er hat nicht gewußt, wie er sie anquatschen soll«, erklärte Peter. »Darum ist er gegangen.«

»Stimmt nicht«, sagte Justus und stierte auf seine Pizza. »Ich bin nur zu der Überzeugung gekommen, daß die Cheerleader wahrscheinlich sowieso nichts wissen und daß ich mich lieber auf das Team konzentrieren sollte.«

»Wer soll nichts wissen?« Kelly sprang auf. »Das ist ja wohl das Letzte, Jus! Keiner kennt ein Team besser als die Cheerleader. Du meinst vielleicht, daß wir nur in der Halle rumhopsen und uns heiser brüllen. Von wegen. Wir verfolgen jedes Spiel. Wir halten die Zuschauer bei der Stange. Wir feuern das Team an. Wir flirten mit den Spielern. Manche von uns gehen sogar mit den Spielern aus, vor allem mit so irren Typen.« Kelly grinste und umarmte Peter.

Justus wußte nicht, ob Peter aus Verlegenheit rot wurde oder weil er keine Luft bekam. »Also bitte, wenn du so viel über die Mädchen weißt, äh, könntest du mir vielleicht Tips für ein paar Anknüpfungspunkte geben?« fragte Justus.

»Da kannst du Gift drauf nehmen«, sagte Kelly. »Also, zuerst mußt du dich mal einschmeicheln. Ihnen Komplimente machen. Du weißt doch, was ein Kompliment ist, Jus?«

»Hör schon auf«, sagte Justus ungeduldig.

»Okay«, sagte Kelly. Sie rückte sich erwartungsvoll zurecht. »Leg los.«

Peter und Justus glotzten sie an. »Was denn, leg los?«

»Mach mir Komplimente, Jus«, sagte Kelly. »Zur Übung.«

»Ähm, äh . . .« Justus rieb seine Handflächen an seinen Jeans. »Mal sehen, okay. Äh, hey, Kelly, du bist gar nicht mehr so rechthaberisch wie früher.«

»Hopfen und Malz verloren!« seufzte Kelly und machte Peter Zeichen mit den Augen. »Schöner Mist, daß ich morgen zum Skifahren gehe.«

»Skifahren?« unterbrach sie Justus. »Wie kannst du Skifahren gehen, wenn in den Ferien ein Rocky Beach Basketballspiel ist? Du bist doch die Anführerin der Cheerleader. Mußt du nicht dableiben?«

»Dafür sind doch Stellvertreter da«, sagte Kelly. »Du hättest mich mehr nötig als unsere Truppe.«

Justus sah sie zweifelnd an. »Okay, Kelly, wie . . . ähm, wie schmeichelt man sich bei den Cheerleader-Mädchen ein?«

»Du mußt sie erst mal auf deine Seite kriegen«, erklärte Kelly. »Ihr Gehopse loben, ihnen sagen, daß du 'ne Gänsehaut kriegst, wenn sie Spagat machen, so in der Art. Dann kannst du alles aus ihnen rauskriegen. Ach ja, noch was. Sag, daß du den Eindruck gehabt hast, daß sie dich die ganze Zeit angestarrt haben.«

»Na hör mal«, sagte Peter. »Hast du das nicht zu *mir* gesagt? Du hast gesagt, jedesmal, wenn ich einen Freiwurf hatte, hätte ich nur dich angeschaut.«

Kelly grinste verschmitzt. »Ich sag' ja, daß es klappt, Jus.«

Am nächsten Morgen besuchte Justus einige Vorlesungen, am Nachmittag ging er in die Sporthalle. Er öffnete die Tür einen Spalt, genug um zu sehen, daß das Basketball-Team nicht da war. Aber die Cheerleader waren wieder da – fünf Mädchen – in rot-weißen Sporttröckchen.

Tja, überlegte Justus, Kelly mochte schon recht haben. Vielleicht wußten sie ja tatsächlich was. Er schlüpfte durch die Tür und setzte sich auf eine der Tribünen. Die Mädchen bemerkten ihn nicht. Sie waren gerade dabei, einen Slogan einzuüben.

»Auf geht's, Cory, auf geht's, Walt!
Jungs wie ihr machen niemals halt!
Matt schießt gut, und Tim kann viel!
Marty ist schnell, wir gewinnen das Spiel!
Looos, Shoremont, looos!«

Hoffentlich studiert die Dichterin dieser Verse nicht Poesie, dachte Justus. Dann versuchte er, allen Mut aufzubringen und zu den Mädchen hinüberzuschlendern. Aber er war in Schweiß gebadet. Die Mädchen hatten jetzt auch mit ihrem Slogan aufgehört und schwatzten miteinander. Justus mußte nur die Ohren spitzen.

»Jetzt mach mal 'nen Punkt«, sagte eines der Mädchen. Ihr langes schwarzes Haar war zu einem Pferdeschwanz gebunden. »Ihr glaubt doch nicht, daß ich nur mit Cory Brand gehe, weil er 'ne eigene Wohnung und 'ne Corvette hat?«

»Doch!« kam es im Chor von den anderen vier.

»Na ja, das ist doch auch kein Pappenstiel, oder?« sagte die erste mit tiefem Lachen.

Justus fuhr die Antennen voll aus. Genau was er suchte – sie sprachen über die Spieler. Cory Brand war einer von ihnen.

»Hey, du da drüben, was suchst du denn hier?« Eine der Cheerleader, mit rotem Haar und Sommersprossen, schaute Justus an. Sie stemmte die Hände in die Hüften.

Justus schluckte. Okay, keine Panik, sagte er sich. Cool bleiben und soviel wie möglich aus ihnen rauskriegen. Das ist doch nicht das erste Mal, daß du Leute für einen Fall ausquetschst, das hier wird auch nicht so anders sein. Denk dran, was Kelly gesagt hat.

Er stand auf und ging langsam zu den Mädchen rüber. Beim Näherkommen konnte er erkennen, daß ihre Namen auf die rot-weißen Sweatshirts gestickt waren.

»Äh, weißt du . . . Nora«, sagte Justus zu der Rothaarigen, »vorhin bei eurem Slogan, da hatte ich den Eindruck, daß ihr immer nur mich angestarrt habt.«

»Richtig«, sagte sie, »ist ja auch sonst niemand da.«

Logo, dachte Justus. Ich Blödmann.

»Äh, ich wollte damit sagen«, stotterte er, »daß euer Blickkontakt hervorragend ist. Quasi hypnotisch.«

»O Mann – quasi hypnotisch. Habt ihr das gehört? Hat uns schon mal jemand quasi hypnotisch genannt? Wie finden wir denn das?« Eine Schnellrednerin, die offensichtlich Cathy hieß.

»Ich kenn' dich doch«, sagte eine andere namens Pat. »Du bist Justus Jonas. Du warst heute auch in der Einführung zu Shakespeare. Wißt ihr, was er gemacht hat? Er hat ein ganzes Shakespeare-Gedicht aufgesagt!«

»Genaugenommen ein Sonett«, sagte Justus.

»Ist doch egal, aber es war super«, meinte Pat und strahlte.

»Und was, bitteschön, machst du hier?« wollte Nora wissen. Sie war wohl die Anführerin der Gruppe.

»Unsere Übungsstunden sind nicht öffentlich«, meinte die mit dem Pferdeschwanz. Auf ihrem Sweatshirt stand Jerri.

»Hmm«, machte Justus und sah auf die Uhr. Er konnte ja nicht mit der Wahrheit rausrücken – daß er mit einem Fall beschäftigt war! »Ich wollte jemanden treffen. Scheint nicht zu kommen. Tut mir leid, daß ich einfach so reingekommen bin.«

»Schon gut«, sagte die Kleinste der Gruppe – ein zierliches Mädchen, das schüchtern lächelte. Sie war knapp einssechzig, hatte blaue Augen, dunkles Haar und einen Südstaatenakzent. Ihr Name war Sarah.

Justus machte, daß er fortkam. Wenn ihm doch nur was eingefallen wäre, damit er noch ein bißchen hätte bleiben und sie aushorchen können. Und vor allem was, um mit Sarah zu sprechen. Sie war genau sein Typ. Aber mit Mädchen reden, das klappte einfach nicht! Viel schwieriger, als einem Verbrecher Hinweise zu entlocken!

»Okay, dann also noch mal von Anfang an, Kinder«, hörte Justus noch, als er ging. »Und denkt dran – quasi hypnotisch.«

Kurz darauf steuerte Justus über den Campus, um von dem Fernsprecher im Buchladen zu telefonieren. Unterwegs hielt er noch mal fest, was er eben erfahren hatte.

Jerri ging mit Cory Brand, weil er Geld, eine Wohnung und eine Corvette hatte. Ob Cory wohl auf der ›Lohnliste‹ stand? Pat war in dem Shakespeare-Kurs, an die kam er also leicht ran. Sarah . . . umwerfend hübsch, klein, dunkel, blauäugig, strahlend . . .

Justus dachte immer noch an Sarah, als er beim Telefon ankam. Er warf eine Münze ein und rief Bob in der Agentur an.

»Bob, kannst du mich verstehen?« brüllte er, als Bob sich meldete.

»Sax hört sich gerade ein paar Demobänder von neuen Gruppen an – volles Rohr«, schrie Bob zurück. »Wie steht's mit dem Fall?«

Mit der Heavy Metal-Gruppe im Hintergrund war Bob kaum zu verstehen.

»Sieht so aus, als ob Duggan mit Geld nur so um sich wirft«, sagte Justus, so laut er es wagte. »Ein paar Spieler haben Appartements und große Schlitten.«

»Echt? Woher weißt du das?«

»Die Cheerleader«, sagte Justus.

»Waas?« brüllte Bob, wobei er sogar die lautstarke Band im Hintergrund übertönte.

»Richtig gehört«, sagte Justus und redete auch lauter, »waren fast alle erstaunlich nett. Und es sieht so aus, als ob ich von einer 'ne ganze Menge erfahren kann. Heißt Pat. Kennt mich aus dem Shakespeare-Kurs.«

»Justus, ich kann kein Wort verstehen«, sagte Bob. »Absolut hoffnungslos. Ruf mich heut' abend an.« Und er hängte auf.

Mist! dachte Justus.

Plötzlich wurden seine Schultern von zwei riesigen Händen gepackt.

»Wenn ich mit dir fertig bin«, knurrte eine tiefe, wütende Stimme hinter ihm, »dann paßt du in eine Konservendose – Familiengröße!«

Festkörperphysik

Justus' fünf Sinne waren im Bruchteil von Sekunden in Alarmbereitschaft. Sein Herz raste und schlug dumpf. Plötzlich wurde er von den beiden Händen hart herumgezogen und hing beinahe in der Luft. Dann preßten sich die Hände um seinen Hals.

Justus' erste Reaktion war, sich zu wehren. Aber sein Instinkt sagte ihm, daß sich wehren gleichbedeutend war mit erwürgt werden. Er reckte den Hals so hoch, wie es ging, und sah in das wütende Gesicht seines Angreifers.

Es war das große, grobschlächtige Gesicht von Marty Lauffer, dem Mittelfeldspieler im Shoremont Basketball-Team. Seine fettige blonde Igelfrisur stand struppig in die Höhe, und die Haare waren wie zu Hörnern verklebt.

»Da liegt ein Irrtum vor«, japste Justus, der kaum Luft bekam.

»Pech! Das ist dann wohl dein Irrtum«, sagte Marty. Beim Grinsen entblößte er schiefe Zähne, auf denen die obligatorische Klammer saß.

Marty war unglaublich kräftig. Sein Griff drückte Justus langsam die Luft ab und ließ seine Schulter schon ganz taub werden. Justus holte aus und boxte Marty in den Magen. Der zuckte nicht mal mit der Wimper.

»Ich hab' dich telefonieren hören. Jedes Wort!« schrie er und schüttelte Justus durch.

Jetzt hab' ich's vermasselt, dachte Justus, dessen Gesicht puterrot wurde, weil er keine Luft mehr bekam. Er bringt mich um, weil ich den Schmiergeldern auf der Spur bin.

Marty lachte und schüttelte Justus noch ein bißchen mehr. »Das wirst du nicht so schnell vergessen«, sagte er und holte mit seiner riesigen Faust aus.

Justus konnte nicht anders, er machte die Augen zu und schrie.

»Marty, laß ihn sofort los!« kommandierte eine strenge, ärgerliche Stimme.

Sofort ließen die großen Hände von Justus ab und schubsten ihn weg. Justus sackte zusammen und rang nach Atem. Die Stimme gehörte einem Mann, der verdeckt hinter dem Basketballspieler stand. Marty machte Platz, und Justus sah, daß es Trainer Duggan war. Er stellte sich zwischen Marty und Justus.

»Freundchen, wenn du auf dem Spielfeld so losgehst, steh' ich hundert Pro hinter dir. Aber wenn du so auf deine Mitmenschen losgehst, dann bist du eine Schande für dich selbst, für das Team und für mich.«

Duggan sagte das sehr eindringlich, und Justus konnte sehen, daß seine Worte ihre Wirkung taten. Marty senkte den Kopf und starrte auf die Bodenplatten.

»Und was sollte das alles?« fragte der Trainer.

»Ich hab' sein Telefongespräch mit angehört«, knurrte Marty und sah Justus haßerfüllt an. »Er hat von, ähm, von meiner Freundin gesprochen.«

Freundin? dachte Justus. Pat ist seine Freundin? Ob das stimmt? Oder ob Marty nur die Schmiergeldgeschichte vertuschen will?

Aber ehe Justus wieder richtig zu Atem gekommen war, um zu antworten, hatte Marty sich brummend entschuldigt und verdrückt. Er verschwand hinter der Gruppe von Studenten, die schaulustig stehengeblieben waren.

Justus und Trainer Duggan sahen sich an.

»Manchmal geht ihm der Gaul durch«, sagte der Trainer.

»Kann man wohl sagen. Da haben Sie sicher alle Hände voll zu tun«, krächzte Justus. Er stopfte sein T-Shirt in die Hose zurück.

»Er wird sich schon wieder einkriegen . . . mit der entsprechenden Aufmunterung«, sagte Trainer Duggan. »Wichtiges Gespräch? Mit einem Mädchen?«

»Nicht ganz«, sagte Justus.

»Wegen eines Mädchens?«

Justus nickte verlegen.

»Ruf sie gleich an«, riet der Trainer.

Hier? Vor deinen Ohren? dachte Justus. Keine Chance!

»Kein Kleingeld mehr«, log er.

»Ach so.« Trainer Duggan langte in die Hosentasche und zog eine Münze raus. »Ruf sie an«, sagte er und schob Justus die Münze zu. »Du darfst nie zulassen, daß so was wie Geld zwischen dir und dem, was du willst, zu stehen kommt.«

Dann machte er kehrt und ging. Hatte wohl zuviel Geld, dieser Typ. Wieviel hatte er wohl von dem Telefongespräch mitgekriegt? Hatte Justus Duggan nicht sogar namentlich erwähnt?

Justus machte sich Sorgen. Er mußte etwas vorsichtiger sein auf dem Campus, sonst flog sein Inkognito auf, bevor der Fall auch nur annähernd gelöst war.

Am nächsten Tag hatte Justus von morgens bis abends Vorlesungen und Kurse. Von acht Uhr früh bis ein Uhr mittags hatte er sich fünf verschiedene Sportkurse vorgenommen. In jedem Kurs war mindestens einer der Basketballspieler, den er dabei beobachten wollte. Aber das war hart. Gewichtheben, Kegeln, Gymnastik, Leichtathletik, Ringen – ein mörderisches Training.

Aber das schlimmste war, daß nur Profis in diesen Kursen waren – jeder, aber auch jeder einzelne war voll durchtrainiert! Bizeps, Trizeps, jeder Muskel wie bei einem Body-Builder. Justus kam sich dagegen wie ein . . . Mehlsack vor. Nach dem fünften Kurs hatte Justus eine Menge dazugelernt. Erstens, daß es verrückt war, mehr als zwei Sportkurse pro Tag zu belegen – selbst wenn man nach Spuren in einem Fall suchte. Zweitens, daß nicht alle

Basketballspieler in Geld schwammen. Ein paar von ihnen hatten verdächtig viel Knete, aber es gab auch welche, die nur durchschnittlich viel hatten. Justus wollte sich nun an die Spieler heranmachen, die am freundlichsten und zugänglichsten waren.

Um zwei Uhr schleppte er sich in den sechsten Sportkurs. Er lief unter dem Namen ›Medienrhetorik‹. Sprechunterricht für Sportler – das gefiel Justus. Aber vor allem gab ihm dieser Kurs die Gelegenheit, mit zwei weiteren Basketballanfängern zu sprechen – Cory Brand und Matt Douglas. Nach Gesprächen mit anderen Spielern hielt er die beiden für die Hauptverdächtigen.

Als Justus zu dem Hörsaal kam, zog er seinen ach so unsportlichen Bauch ein. Dann trat er zuversichtlich ein. Unauffällig ließ er sich auf einem Platz in der hintersten Reihe nieder.

Sein Nebensitzer war ein gutaussehender, athletischer Typ mit dunkelblondem Haar. Er trug alte Jeans und ein schwarzes T-Shirt, das sehr eng saß. Auf seiner Nase saß eine runde Hornbrille. »Hallo«, sagte er, »wie läuft's?«

»Absolut tausend Pro«, sagte Justus und versuchte, lässig zu klingen.

»Neu hier im College?«

»Genau. Ich wechsle gerade über von einem anderen«, antwortete Justus und lächelte bescheiden.

»Matt Douglas«, stellte sich der Typ vor. »Was ist deine Sportart?«

»Justus Jonas. Curling. Wird hier dieses Jahr neu eingeführt. Du machst Basketball?«

»Und Tennis«, ergänzte Matt.

Scheint ganz umgänglich zu sein, fand Justus. Mal sehen, wie er beim Näherkommen ist. »Ich hab' gehört, daß die Basketballer ganz schön einen draufmachen.«

»Man tut, was man kann«, grinste Matt.

»Wilde Parties in deiner Wohnung? Da sind ja alle ganz scharf drauf.«

»Ich hab' keine Wohnung. Nur 'ne Bude, in der Stadt. Meinst vielleicht Cory.« Matt deutete auf Cory Brand – auch so ein gutaussehender Muskelprotz.

Cory schien alles zu lieben, was protzig war: Appartements, große Schlitten und Cheerleader. Justus fand ihn vielversprechend, aber er war noch nicht fertig mit Matt.

»Fährst du in den Ferien auch nach Tijuana? Irgendwer hat behauptet, daß alle Shoremont-Studenten das machen«, sagte er.

»Also, ich hab' gleich zwei Jobs in den Ferien, damit ich meine Tutoren zahlen kann«, sagte Matt.

Sehr gut, dachte Justus. Er schien die richtigen Fragen zu stellen. Matts Antworten waren allerdings etwas unerwartet.

Justus kannte inzwischen vier der Basketballanfänger. Walt Klinglesmith, Mr. Mont Blanc-Füller, war offensichtlich gut betucht. Cory Brand hatte laut Cheerleader und Team-Kollegen Geld wie Heu und war ein Partylöwe *summa cum laude.* Marty Lauffer war einfach ein Tier. Punkt. Justus hatte ihn nicht nach seinem Kontostand fragen können, während Marty ihn fast erwürgte. Und nun Matt, der anscheinend kein Schmiergeld bekam. Einige

Spieler hatten Geld, andere wieder nicht. Gab es da ein System?

Justus kramte in seinem Gedächtnis, um dahinterzukommen. Matt und Marty waren im dritten College-Jahr, Tim, der fünfte im Bund, war noch im ersten . . . Cory und Walt waren im zweiten Jahr. Im Geist zählte Justus die anderen Spieler auf, die er kennengelernt hatte. Es sah so aus, als ob die jüngsten Spieler Schmiergelder bekamen, die älteren nicht. Dieses System schien Justus zwar ziemlich unlogisch, aber man mußte es mal untersuchen. Er warf einen Blick auf Cory Brand. Ja, er sollte schon mit ihm reden – gleich nach dem Kurs.

In diesem Augenblick kam der Dozent in den Hörsaal und legte sein Aktenköfferchen auf das Pult. Er sah gut aus, hatte glattes, dunkles Haar und wirkte ebenfalls durchtrainiert – wahrscheinlich war er auch Sportler gewesen.

»Guten Tag, meine Damen und Herren, und herzlich willkommen bei meinem Kurs ›Medienrhetorik‹! Ich bin der Dozent, mein Name ist Al Windsor!« Er sprach jedes Wort laut und übertrieben melodiös.

Warum redete er so laut? Warum versuchte er, alles so wichtig und aufregend klingen zu lassen? Plötzlich dämmerte es Justus, wofür dieser Sprachkurs trainieren sollte: für Rundfunk und Fernsehen! Die Kursteilnehmer wurden darauf vorbereitet, Sportreporter zu werden, wenn ihre Sportkarrieren vorbei waren.

»Ein exzellenter Hörsaal«, verkündete Al Windsor. »Und die Spieler sind topfit. Ich bin überzeugt, daß die

Stunde heute ausgezeichnet wird und genau die Art von euphorischer Stimmung bietet, die Sie zu erwarten gewohnt sind, wenn sie diesen Raum betreten.«

Nach dem Kurs war Justus fertig von all dem Enthusiasmus. Er schüttelte den Kopf, um ihn wieder klar zu kriegen, dann lief er rasch aus dem Gebäude, um Cory einzuholen. »Cory!« rief er.

Der muskulöse Hüne drehte sich um. Sein blondes Haar war so kurz geschnitten, daß seine Kopfhaut in der Sonne schimmerte.

»Hab' gehört, daß du mir vielleicht helfen kannst, in einen ›Vette-Club‹ einzutreten«, sagte Justus.

»Nein, mit Pferderennen und so hab' ich nichts am Hut. Basketball ist mein einziges«, antwortete Cory.

Er ging weiter, und Justus hastete hinterher.

»Ich mein' doch einen *Cor*-vette-Club.«

»Hey, hast du auch 'ne Corvette?«

»Mm, Zweiundsiebziger fabrikneu, in fünf Sekunden von Null auf Hundert, da weiß man wenigstens, daß man 'ne Straße unter den Rädern hat«, sagte Justus und versuchte, sich an alles zu erinnern, was Peter über Corvettes erzählt hatte.

»Ja, Mann«, sagte Cory, »und wenn du das Pedal durchdrückst und Kickstarts machst, dann heult er auf, Mann!«

Justus schüttelte sich innerlich. Wie konnte jemand mit einem Wortschatz, der in ein Groschenheft paßte, ein 50.000-Dollar-Auto fahren?

»Steht deiner auf'm Parkplatz?« fragte Cory.

»Äh, nee. Hab' ihn zu Hause gelassen – in Alaska.«

»Bist du so 'n ausländischer Austauschstudent oder so?« fragte Cory. »Komm, ich zeig' dir mein bestes Stück.«

Auf dem Weg zum Studentenparkplatz versuchte Justus, Informationen aus Cory rauszukriegen, aber genausogut hätte er mit bloßen Händen Fische fangen können. Cory laberte und laberte, ohne irgendwas Hörenswertes zu sagen. Schließlich wurde es Justus zu dumm, und er stellte unverblümt die entscheidende Frage.

»Cory, ist Trainer Duggan großzügig? Ich meine, hat er dir mal was gegeben?«

»Na ja, er hat mir mal umsonst 'nen Rat gegeben. Er hat gesagt, ich soll in diesen Sprechkurs gehen«, sagte Cory und öffnete die Tür der Corvette.

Da fiel Justus' Blick auf Corys Rolex. »So ein Mist, Mann, schon so spät. Ich wollte mich um drei mit jemandem treffen.«

»Kriegst 'ne Freifahrt in meiner ›Vette‹«, sagte Cory. »Genau – da fällt mir ein, das hat mir der Trainer auch gegeben.«

Justus traute seinen Ohren nicht. Hatte Cory Brand gerade zugegeben, daß Coach Duggan ihm die Corvette geschenkt hatte?

»Echt, Trainer Duggan hat mich mal im Auto mitgenommen, als meine ›Vette‹ im Spital lag«, erklärte Cory. Mit einem Satz landete er in seinem roten Kabrio. »Spring rein. Wo soll's hingehen?«

»Wo's nicht so schnell ist«, murmelte Justus.

Fast ein (Durch)bruch

Um Viertel vor vier stürzte Justus in die Shoremont Sporthalle, um Bob zu treffen. Die beiden hatten sich vorgenommen, heute mit aller Gewalt etwas mehr über Duggan rauszufinden. Justus hoffte, daß Bob bereits eifrig dabei war, zu schnüffeln – in Trainer Duggans Büro zum Beispiel – oder einen der Spieler auszuquetschen.

Aber als er in die Sporthalle trat, fand er Bob bei seiner neuesten Lieblingsbeschäftigung – Mädchen aufreißen. Er saß auf der Tribüne und quatschte mit den Cheerleader-Mädchen. Typisch.

»Hallo, Justus«, sagte er.

»Schaut mal, Kinder, Justus Jonas!« quiekte eines der Mädchen. Die anderen schauten nun auch zu ihm rüber und kicherten.

»Bin ein bißchen zu spät«, sagte Justus zu Bob.

»Hab' mich nicht gelangweilt«, sagte Bob und grinste in die Runde. Die Mädchen um ihn herum strahlten ihn an.

»Komm, ich muß dich sprechen«, sagte Justus.

Die Mädchen fingen mit ihren Slogans an, während Justus und Bob in die oberste Reihe der Tribüne kletterten.

»Ich möcht' mir gleich Trainer Duggans Büro vornehmen«, sagte Justus. »Du hast wohl noch nicht die Lage peilen können?«

»Doch«, berichtete Bob. »Als ich nach dir gesucht hab',

bin ich einen falschen Gang entlanggegangen und direkt in Duggans Büro gelandet. Hab' mit seiner Sekretärin gequatscht – super Frau, Studentin, die ein Verwaltungspraktikum macht. In Duggans Büro ist ganz schön was los – dauernd geht das Telefon, ein ständiges Rein und Raus – viel hab' ich nicht rausgekriegt. Aber eine Sache ist vielleicht wichtig. Duggan macht jede Woche eine Liste mit Namen von den High School-Spielern, die er anwerben möchte. Ist in einem Computer hinten in seinem Privatbüro. Ich hab' so eine Liste zu sehen gekriegt. Rat mal, wer ganz oben stand?«

»Ich etwa?« fragte Justus sarkastisch.

»Peter. Duggan will ihn unbedingt nach Shoremont holen«, sagte Bob.

»Und warum hat er dann seit letztem Freitag nichts mehr von sich hören lassen?«

Bob zuckte die Achseln. »Keine Ahnung.«

»Du, was ganz Wichtiges: Hast du irgendwelche Bemerkungen oder Kreuzchen oder Zeichen gesehen, die darauf hinweisen, wem Duggan Geld zuschiebt?«

Bob schüttelte den Kopf.

»Ich hab' nämlich 'ne Theorie«, sagte Justus. »Es gibt da ein System. Die jüngeren Spieler werden geschmiert, die älteren Semester nicht. Das kann daher kommen, daß Duggan erst kurz am College ist. Erst zwei Jahre, hat einer gesagt, der auch beim Ringen ist. Also hat er noch nicht lange Spieler angeworben. Und deshalb sind nur Jüngere auf seiner Schmiergeldliste – die er in letzter Zeit angeworben hat.«

»Klingt logisch«, sagte Bob. »Trotzdem ist es ja kein *Beweis*, daß Duggan dahintersteckt.«

»Nein«, sagte Justus, »nur ein Indiz. Nicht der eindeutige Beweis, den Präsident Harper haben will.«

»Wart's ab, Justus. Der Durchbruch in dem Fall kommt schon noch, wie jedesmal.«

»Darauf kann man aber nicht warten, man muß ihn herbeiführen«, sagte Justus. »Komm. Ich will mir Duggans Büro auch noch mal anschauen.«

Justus stand auf, um zu gehen, aber in dem Moment schoß eine Figur aus den Kabinen. Es handelte sich um ein Wesen, das in ein riesiges, grün-lila-weißes Papageienkostüm gekleidet war und so ulkig aussah, daß sich Justus wieder hinsetzte – fast so, als ob diese lächerliche Erscheinung ihn umgehauen hätte.

»Wer ist denn das?« fragte er.

»Keine Ahnung«, sagte Bob. »Sieht wie so 'n bekloopptes Maskottchen aus.«

Der Papagei umarmte erst mal die Mädchen, dann fing er an, in der Halle rumzusausen, drehte Räder und machte komische Sprünge. Gerade als sich die Mädchen zu einer Pyramide formierten, machte der Papagei einen Salto rückwärts und landete unsanft.

»Aaauutsch«, schrie er auf, rollte auf die Seite und hielt sein Bein. »Mein Fuß! Au, mein Fuß!«

»Au weia«, stieß Justus aus, sprang auf und rannte die Tribünentreppe so schnell wie möglich hinunter.

Die Mädchen liefen zusammen und standen um den Papagei. Als Justus und Bob dazustießen, hatte Nora dem

Jungen das Papageienkostüm abgestreift und half ihm auf.

»Ich glaub', der ist gebrochen«, stöhnte der Typ.

»Gebrochen sieht er nicht aus«, behauptete Justus mit Kennerblick, »aber wahrscheinlich schlimm verstaucht.«

»Los, wir bringen Steve zur Unfallambulanz«, ratterte Cathy los. »Vielleicht ist es ja doch ein schlimmer Bruch, echt.« Sie und Pat halfen dem Shoremont-Papagei, aus der Halle zu humpeln.

»Der arme Steve«, sagte Sarah mit ihrer niedlichen Südstaatenstimme. Und dabei sah sie Justus an.

»Wir alle sind arm dran«, sagte Nora. »Jetzt haben wir kein Maskottchen für das Spiel. Wie sollen wir bis morgen einen Papagei finden?«

»He, Leute«, sagte Bob und trat zu den Mädchen, »keine Sorge. Ich bin sicher, daß unser Freund Justus Jonas sich geehrt fühlen würde, wenn er als euer Maskottchen einspringen dürfte.«

Justus' Blicke waren wie Flammenwerfer. »Bist du total übergeschnappt? Kommt nicht in Frage.«

Bob ignorierte die Flammenwerfer. »Moment, ich red' mal ein Wörtchen mit ihm«, sagte er zu den Mädchen. Er zog Justus von der Gruppe weg.

Flüsternd sagte Justus: »Du bist wohl endgültig reif für die Klapsmühle? Ich kann kein Rad schlagen, ich kann nicht springen. Und ich würde lieber in Unterwäsche zum Examen gehen, als dieses alberne lila-grün-gefiederte Papageienkostüm zu tragen!«

»Jetzt halt mal bitte die Luft an!« sagte Bob. »Willst du den Fall lösen oder nicht?«

»Und wo soll da, bitte schön, der Zusammenhang sein?« fragte Justus kopfschüttelnd.

»Justus, ich hab' doch gesagt, es kommt ein Durchbruch. Na ja, fast war's ja ein Bruch . . . aber egal. Das ist doch die perfekte Tarnung! Der Papagei übt mit den Cheerleader-Mädchen und ist in der Nähe des Basketball-Teams. Mensch, das ist doch die beste Deckung. Wie kannst du so was ablehnen?«

Justus lehnte nicht ab. Er sagte nur: »Echt, absolut und total erniedrigend.«

Schweigend fuhren Justus und Bob zurück zu Bobs Haus. Kaum hatte Bob angehalten, stieg Justus aus und stürzte in die Küche. Als Bob ihn einholte, durchwühlte Justus bereits den Gefrierschrank.

»Wo sind denn die Karamel-Dinger für die Mikrowelle?« wollte er wissen.

»Justus, du hast doch gesagt, ich soll sie vor dir verstekken.«

»Na gut, aber jetzt hol sie wieder raus«, sagte Justus. »Aha!« Aus der hintersten Ecke des Gefrierschrankes kramte er ein Paket mit Karamelbechern heraus und ließ zwei Portionen blitzartig in der Mikrowelle verschwinden.

»Und was ist mit deiner Friß-die-Hälfte-Diät, Justus?«

»Schon recht. Ich ess' nur eine Portion«, sagte Justus mit irrem Grinsen. Er stellte die Uhr und schaltete auf ›Ein‹.

Bob holte sich das Telefon und drückte die Zwei auf

der Wahlautomatik. »Peter, Bob hier. Komm sofort rüber. Das ist ein Freßanfall-Notruf!«

Peter war so schnell da, daß die Karamelbecher noch nicht mal fertig aufgetaut waren.

»Wie hast du denn das geschafft?« fragte ihn Bob, als er ins Haus stürmte.

»Na, hör mal, die Arche hat doch einen 8-Zylinder-Motor«, sagte Peter.

»Dabei fährt sie«, spottete Bob, »als ob du sie mit Tomatensaft fütterst.«

Peter lachte und entdeckte die Karamelbecher in der Mikrowelle. »Oh, vielen Dank, Leute«, sagte er und hatte einen davon bereits halb verdrückt, als er an den Tisch kam. Mit einem Schwung setzte er sich rittlings auf einen Stuhl. »Wo klemmt's denn?«

Bob antwortete. »Ich habe vermittelt, daß Justus morgen abend bei dem Basketballspiel als Maskottchen von Shoremont auftritt. Er ist sauer, weil er ein Papageienkostüm tragen muß.«

»Er hat gesagt, geehrt. Er hat gesagt, ich würde mich *geehrt fühlen*, ihren Papagei zu spielen«, stöhnte Justus.

»Echt, Justus, das mit dem Papagei ist bestimmt eine gute Sache«, sagte Bob. »Denk dran, als wir nach Steves Unfall in Duggans Büro rumgelungert sind, hat man uns rauskomplimentiert. Aber als Maskottchen hast du die Superausrede, die ganze Zeit dort rumzuhängen. Keiner stellt Fragen. Und wir können zuschlagen!«

»Na schön«, sagte Justus. »Für die Nachforschungen ist es vielleicht gut. Aber was mach' ich bei dem Spiel? Ich kann weder Salto rückwärts, noch Salto vorwärts, noch Radschlagen, Handstand oder Spagat. Hättet ihr vielleicht ein paar nützliche Vorschläge?«

»Na klar doch, Justus«, sagte Bob mit ernstem Gesicht. »Warum tust du nicht, was alle Papageien tun?«

»Und das wäre?«

»Rumstehen, dreckige Bemerkungen machen und die Federn putzen!«

Zum Brüllen komisch

»Sie hören *Sportzeit am Donnerstag abend*. Es ist 19 Uhr 20, und hier spricht Al Windsor«, kam die Stimme aus dem Radio. »Wir melden uns in Kürze wieder.«

Im selben Augenblick setzte die Werbung in Peters Autoradio ein. Bob summte mit, und Justus murmelte was vom Rücksitz her. »Al Windsor? Das ist der Typ, bei dem ich am College Sprechunterricht hab'. Vergiß ihn! Such mal Nachrichten.« Er fuhr mit der Hand durch die Federn des Shoremont-Maskottchen-Kostüms neben sich.

»Pech, Justus, das ist mein Lieblings-Anrufprogramm«, sagte Peter. »Und außerdem sind wir doch gleich in der Sporthalle von Shoremont.«

»Okay«, sagte Al Windsor, der nun wieder auf Sendung war, »in der Leitung ist Sam aus Hermosa Beach. Einen schönen guten Tag, Sam! Auf zur Sportzeit!«

»Hallo, Al. Guten Tag«, sagte der Anrufer. »Hör mal, Al, ich wollte dich was fragen zu dem Basketball-Match Shoremont gegen Costa Verde heute abend.«

»Wichtiges Spiel. Beide Teams *müssen* eigentlich gewinnen«, war Als Kommentar.

»Ja, das weiß ich«, sagte der Anrufer. »Aber hast du gelesen, was heute in der Zeitung stand? Also echt, der Trainer von Costa Verde – Bernie Mehl –, der hat Trainer Duggan von Shoremont ja brutal angemacht.«

»Ja, das hab' ich gesehen«, antwortete Al Windsor. »Du spielst an auf die Schlagzeile, in der Bernie Mehl behauptet, und ich zitiere: ›Trainer Duggan scheut vor nichts zurück, um zu gewinnen – und ich meine, vor *nichts*.‹«

»Genau«, sagte der Anrufer. »Was heißt das im Klartext?«

»Tja, Sam, ich steck' nicht drin in Bernie Mehl«, sagte Al Windsor. »Aber man braucht kein Genie zu sein, um darauf zu kommen, daß er die bösartigen Gerüchte wieder ausgräbt – daß Trainer Duggan vor ein paar Jahren seine Spieler geschmiert haben soll.

War damals in Boston ein Riesenskandal, aber Beweise gab's keine. Und Duggan ist ein fantastischer Trainer. Ich schätze, Bernie will nur ein bißchen stänkern. Wir werden sehen, ob's ihm heut' abend was nützt.«

Peter schlug mit der rechten Hand aufs Armaturenbrett, und das Radio ging aus. »Mann, Justus, jetzt wird's echt hart. Glaubst du, daß Bernie Mehl recht hat mit Duggan? Vielleicht weiß Mehl mehr, als er sagt?«

»Keine Ahnung«, sagte Justus, »aber ich hab' heute ein paar Nachforschungen über den Boston-Skandal angestellt. Aus den Zeitungsberichten ist nur zu entnehmen, daß *irgendwer* die Spieler bestochen hat. Man konnte es Duggan nicht anhängen. Haltet auf jeden Fall mal die Augen offen heut' abend. Vielleicht finden wir einen Hinweis.«

»Alles klar«, sagte Peter. »Aber ich war schon bei vielen Spielen von Shoremont gegen Costa Verde. Die bekämpfen sich immer bis aufs Messer. Paß also lieber auf.«

»Peter hat recht«, sagte Bob. »Ist vielleicht kein guter Einstieg für deine Papageiennummer. Willst du's wirklich riskieren?«

»Ihr macht euch aber früh Sorgen um mein Wohlergehen«, sagte Justus. »Nee, sie brauchen ihren Papagei. Und ich werd' ihnen eine Vorstellung liefern, die sie nicht vergessen«, fügte er geheimnisvoll hinzu. »Ihr werdet's ja sehen.«

Peter bog in das dreistöckige Betonparkhaus hinter der Shoremont Sportanlage ein. Er fuhr die gewundene Einfahrtrampe hoch bis auf die oberste Parkebene. Justus stieg aus und sagte: »Bis nach dem Spiel dann.« Er umklammerte das sperrige Kostüm und ging auf den Lift zu. Kurz darauf zog er sich in einem kleinen Raum um, der für das Maskottchen vorgesehen war. Draußen in der Halle spielten verschiedene Bands, und die Cheerleader machten schon schwer Stimmung unter den Zuschauern.

»Shore-mont!« rief die eine Hälfte der Menge.

»Costa Verde!« brüllte die andere Hälfte zurück.

Justus hörte dem Geschrei zu, während er Drähte zusammenschloß, eine neue Batterie einlegte und ein kleines Mikrofon am Ausschnitt seines T-Shirts festmachte. Dann zog er das Kostüm über T-Shirt und Jeans.

»Achtung, eins, zwei, drei«, sagte er in das Mikrofon. Seine Stimme ertönte aus Minilautsprechern unter den Flügeln. Es klappte!

Als letztes setzte Justus den Papageienkopf auf und befestigte ihn mit Klettband am Oberteil des Kostüms. Eins war sicher, das war die verrückteste Geschichte in seiner Detektivkarriere. Aber was sollte es. Er fühlte sich unerkannt und sicher, als er den Umkleideraum verließ und die Halle betrat.

Sobald die Shoremont Fans den Papagei sahen, brach allgemeiner Jubel aus. Justus sah, daß sie ihn beobachteten und auf seine akrobatischen Kunststückchen warteten.

Auf seiner Stirn bildeten sich Schweißperlen. Konnte er seinen Plan wirklich durchführen? An der Seitenlinie zögerte er, weil er nicht wußte, wie er anfangen sollte. Beide Teams wärmten sich mittlerweile auf dem Spielfeld auf.

Justus holte noch mal tief Luft und rannte dann mitten auf das Spielfeld. Die Zuschauer klatschten.

»He-ah-ho! He-ah-ho«, schnarrte er mit lauter Papageienstimme. »Ihr seid k.o, ihr seid k.o.!« Er sprang auf und ab und deutete mit dem Schnabel auf die Costa Verde Spieler, die mit ihren Übungswürfen aufhörten, um zu sehen, woher die Stimme kam.

»Gebt auf! Packt ein!« schrie Justus, der Papagei, mit schriller Stimme. »Packt ein! Ihr seid k.o.!«

Die Shoremont-Fans lachten und klatschten Beifall. In kürzester Zeit hatten sie den Slogan von Justus übernommen. *»Packt ein! Ihr seid k.o.!«* schien die ganze Sporthalle zu singen. Die Spieler von Costa Verde waren wie vom Donner gerührt. Einer ging auf Justus los. Aber Justus konnte entweichen, und die Zuschauer lachten nur noch mehr. Da kam Bernie Mehl, der Trainer von Costa Verde, aufs Spielfeld und ermahnte sein Team, sich zu beruhigen und den Papagei nicht zu beachten.

Aber alle anderen wollten ihn sehr wohl beachten. Sie waren begeistert von ihm. Justus hopste noch ein bißchen hin und her und fühlte sich jetzt mutiger. Egal was der Papagei sagte, die Fans redeten ihm alles nach. Justus übertraf sogar die Cheerleader!

Als das Spiel begann, mußte Justus hinter der Seitenlinie bleiben. Aber das hielt ihn nicht davon ab, seine Kommentare ins Spiel zu brüllen.

»Hoi-ho, paß auf! Nummer 32, Ballverlust. Du könntest ja nicht mal ein Fußballtor treffen.«

Die Zuschauer brüllten vor Lachen.

»Hey, Nummer 52! Pack doch ein! Jeder Säugling kann ja besser dribbeln als du!«

Nora, die die Cheerleader von Shoremont anführte, nahm Justus beiseite.

»Paß lieber ein bißchen auf, Justus«, sagte sie, »die Spieler von Costa Verde haben schon einen Haß.«

»Na und?« meinte Justus. Der Aufschneider in ihm

schien nicht zu bremsen zu sein. Jedesmal, wenn ein Costa-Verde-Spieler danebenschoß, sprang Justus auf und ab und krächzte: »Spatzenhirn! Hoi-ho, Spatzenhirn!«

Am Ende war der Spielstand 64 zu 60 für Shoremont, aber Justus hielt sich für den eigentlichen Gewinner. Die Cheerleader stürmten auf ihn zu, um ihm zu danken. Sarah, die mit den kurzen schwarzen Haaren, strahlte ihn am meisten an. Justus schwebte förmlich auf Wolken!

Schnell zog er sich um und machte sich eilig auf, um Peter und Bob im Parkhaus zu treffen. Er trat aus dem Lift und sah die beiden bei einem anderen Auto stehen. Wahrscheinlich hatte Peter mal wieder vergessen, wo er geparkt hatte, lachte Justus in sich hinein.

»Hey, Fans«, rief Justus, »habt ihr mich da unten gehört? Ich würde sagen, daß ›zum Brüllen komisch‹ eine angemessene Beschreibung wäre.«

»Jaaa, wir haben alles genau gehört.«

Justus erstarrte. Das waren gar nicht Peter und Bob. Es waren zwei Spieler von Costa Verde!

Die beiden Typen kamen rasch auf ihn zu. Er konnte nirgendwo hin – und keiner war in der Nähe, der ihn hätte rufen hören.

Einer der Kerle schnappte sich Justus und hielt seine Arme auf dem Rücken zusammen. Das Papageienkostüm fiel auf den Boden. Der andere nahm sich Justus' Kopf vor und drehte ihn von links nach rechts. Als Justus schrie, stopften sie ihm dreckige Sportsocken in den

Mund. Die feuchte Baumwolle stank fürchterlich und schmeckte noch entsetzlicher. Justus meinte, er müsse ersticken oder erbrechen.

»So, Mr. Papagei, und was hast du jetzt zu sagen?«

Im Schein der Parkhausbeleuchtung sah Justus, daß die Kerle die Nummern 32 und 52 waren – die Spieler von Costa Verde, über die er sich lustig gemacht hatte.

Er versuchte, sich loszuwinden, aber die beiden waren zu stark. Sie stießen und zogen ihn zu einer niedrigen Mauer, die die Parkfläche umgrenzte. »Na, denn mal los, du Klugscheißer!« foppte Nummer 52, und mit einem erschreckend blitzartigen Ruck hoben sie Justus hoch und schwangen ihn über die Mauer.

Da baumelte er plötzlich in der Luft, nur an den Beinen gehalten, und schaute auf die Straße, die drei Stockwerke unter ihm lag. Er schlug mit den Armen um sich, aber aus seinem Mund kamen nur ein paar erstickte Schreie.

Das war's, es ist aus, dachte Justus. Sie lassen mich auf den Kopf fallen – platsch. Genau. Ich bin so gut wie tot. Nur noch ein Augenblick, dann bin ich tot.

»Na los, sag was Komisches! Wer hat jetzt das Spatzenhirn?« sagte Nummer 52 lachend.

Endlich, nachdem Stunden vergangen zu sein schienen, zogen die beiden Typen Justus wieder hoch. Sie ließen ihn auf den Boden fallen und machten sich davon.

»Heeiiii!« Peter schien aus dem Nichts aufzutauchen. Mit einem gekonnten Karategriff legte er Nummer 52 aufs Kreuz. Der andere erschrak und vergaß, in Deckung zu gehen. Das war genug für Justus. Er sprang Nummer 32 an und versetzte ihm einen Judoschlag in den Nacken.

»Achtung, hinter dir, Peter«, rief er seinem Freund zu. Der erste Kerl hatte sich wieder hochgerappelt und schlich sich hinterrücks an. Doch plötzlich sprang Bob zur großen Überraschung von Justus von einem Autodach und griff den Kerl von der Seite an.

Als die beiden Costa Verde-Spieler sahen, daß es drei zu zwei stand, beschlossen sie aufzugeben. Sie rannten auf die Ausfahrt zu und verschwanden.

»Alles in Ordnung, Justus?« fragte Bob. Justus saß vornübergebeugt, die Hände auf die Knie gestützt, und rang nach Luft. Er nickte und wischte seine schweißnasse Stirn mit seinem Ärmel ab. »Sie wollten mir nur sagen, wie großartig ich als Papagei gewesen bin.«

»Laß uns abhauen«, sagte Peter und half Justus zum Auto. Er schloß die Fahrertür der Arche auf und wollte gerade einsteigen. »Hey, seht euch das an!«

Auf dem Ledersitz lag ein Umschlag.

»Nicht berühren«, sagte Justus. »Fingerabdrücke!«

»Ich will wissen, was drin ist«, sagte Peter und griff ins Handschuhfach. Er zog ein Paar Handschuhe an und öffnete den Umschlag.

»Wieder Geld«, sagte Bob, der die Scheine in Peters Hand sah.

»Und wieder eine Nachricht«, sagte Peter. Er faltete den Zettel auf, und Justus las vor: »Spiel ab Herbst für Shoremont, und genieße die süßen Früchte des Sieges!«

Ein Haufen Geld

»Dieser Fall gefällt mir, Justus«, sagte Peter am nächsten Morgen, während er seine langen Beine auf den Frühstückstisch legte. Er schnippelte sich die größere Hälfte einer Banane in den dritten Teller mit Frühstücksflocken.

Justus schob seinen halbleeren Müsliteller weg und biß in die Hälfte eines Rosinenbrötchens. »Kann ich von mir nun wirklich nicht behaupten«, sagte er zwischen zwei Bissen. »Erstens stinken mir die Vorlesungen. Unheimlicher Aufwand und wenig Ergebnisse. Zum Glück schwänzen so viele ihre Kurse, daß es nicht weiter auffällt, ob ich da bin oder nicht.

Aber was mich viel mehr stört, ist, daß wir mit dem Fall überhaupt nicht weiterkommen. Gestern abend hab' ich den Brief und die Geldscheine, die wir in deinem Auto gefunden haben, genauestens untersucht – fehlte nur noch ein Elektronenmikroskop. Aufwand: hundert Prozent. Erfolg gleich Null. Nicht ein Hinweis, wer der Absender ist.

Unser nächster Schritt wird sein, die Schreibmaschine in Duggans Büro zu überprüfen, damit wir feststellen können, ob die Typen die gleichen sind wie auf deinen beiden Briefen. Aber bis jetzt wissen wir nur, daß jemand wußte, daß du bei dem Spiel bist und wie dein Auto aussieht.«

Peter lehnte sich noch weiter in seinen Stuhl zurück

und wischte sich den Mund ab. »Ich schaff' einen ganzen Teller Frühstücksflocken, bis du damit fertig bist, eine Frage zu beantworten«, sagte er grinsend.

Justus ignorierte die Kritik beleidigt. »Und was, bitte schön, findest du gut an dem Fall?«

»Mir hat das Gesicht der Bankangestellten gefallen, als ich letzten Montag die dreitausend Dollar eingezahlt hab'. Wenn ich heute noch mal tausend einzahl', flippt sie aus.« Peter ließ den Rest der Banane in seinem Mund verschwinden.

»Gewöhn dich nicht zu sehr dran«, sagte Justus und schnitt ein Käsebrötchen in zwei Hälften. »Du mußt das Geld zurückgeben.«

»Justus!« Peter fielen plötzlich die unzähligen halben Portionen auf, die sich vor seinem gutgepolsterten Freund angesammelt hatten. »Sieht echt nicht so aus, als ob deine Diät funktioniert.«

»Doch – langsam«, beharrte Justus. »Ich hab' in den letzten zwei Wochen ein halbes Pfund abgenommen.«

»Das war höchstwahrscheinlich der Angstschweiß, den du gestern vergossen hast, als dich die zwei Schläger in der Mangel hatten.«

Justus schüttelte sich, und sein Magen fing an zu rebellieren. Das Bild, wie er kopfüber von der Mauer herunterbaumelte, stand ihm noch gestochen scharf vor Augen. »Wenn ich nicht so überrascht worden wäre, hätte ich mich besser wehren können. Ihr zwei seid im richtigen –«

Er wurde vom Läuten des Telefons unterbrochen.

»Ich geh' dran!« rief Peter seiner Mutter im Zimmer

nebenan zu. Er hob den Hörer des drahtlosen Telefons in der Küche ab. »Hallo . . . ja, am Apparat. Ja, stimmt genau.« Peter schnippte mit den Fingern, um Justus aufmerksam zu machen. Seine Stimme wurde leiser. »Ich hab' die Nachricht und das Geld bekommen . . . Ja?«

Es machte Justus ganz wahnsinnig, daß er nur die Hälfte des Gesprächs mitbekam.

»Ja, okay, sicher«, sagte Peter. »Ich würde mich auch gern mit Ihnen treffen. Wann und wo?«

Peter hörte wieder zu und nickte. Justus hielt die Luft an.

»Ja, ich weiß, wo das ist«, sagte Peter. »In einer Stunde?«

Justus schüttelte den Kopf und hob zwei Finger hoch.

»Oder lieber in zwei Stunden«, sagte Peter. »Okay, ich komm' hin.«

»War das Duggan?« fragte Justus, sobald Peter aufgehängt hatte.

»Keine Ahnung«, sagte Peter. Er sah wütend und gleichzeitig beunruhigt aus. »Irgendwie hat es sich angehört wie Duggan und dann auch wieder nicht. War saufreundlich. Dieser Mistkerl bricht jegliche Regel, die im College-Sport gilt, und tut gleichzeitig so, als ob wir Kumpel sind.«

»Das ist super«, sagte Justus. »Er denkt also, daß du mitspielst. Erzähl mal genau, was er gesagt hat.«

»Also, zuerst hat er gefragt, ob ich gestern abend den Umschlag gefunden hab', und daß da noch eine Menge zu holen ist, wo das herkam, wenn ich für ihn spiele. Is' wohl'n Witz.«

»Und weiter?«

»Er meinte, ob es nicht an der Zeit wäre, daß wir uns mal treffen und über meine Zukunft reden, und dann hat er einen Treffpunkt vorgeschlagen – zehn Minuten von hier, an der Küstenstraße. Warum wolltest du zwei Stunden Zeit?«

»Das Mikrofon, das ich bei der Papageiennummer hatte, ist ein Funkmikrofon. Wenn ich es an ein tragbares Funkgerät festmache –«

»Dann kannst du mich anschließen und alles mithören!« beendete Peter den Satz. »Das ist super.«

»Los, wir fahren in die Werkstatt und verkabeln dich«, sagte Justus.

Zwei Stunden später bog Peter von der Küstenstraße am Pazifik zu einem Aussichtsplatz ab. Während er auf den Parkplatz fuhr, sprach er die ganze Zeit, um Justus alles zu beschreiben. Justus kauerte im Kofferraum des großen Cadillac, und sein Empfänger war auf die gleiche Frequenz gestellt wie Peters Sender. Der Kofferraumdeckel war so befestigt, daß es aussehen sollte, als wäre das Schloß defekt. In Wirklichkeit war das, damit Justus Luft bekam.

»Justus, ich hoffe, daß du mich hören kannst. Mann, das Mikro und der Sender um meinen Hals schnüren mir die Luft ab. Ein paar Autos sind hier geparkt. Eins davon ist ein Porsche 911 Targa. Blau und alt. Ein paar Leute schauen sich die Aussicht an. Einer steht alleine rum, ohne Fotoapparat. Das ist er bestimmt. Mittelgroß, ungefähr dreißig, schätz' ich. Pilotenbrille. Trägt ein hellblaues Hemd mit Krawatte. Hat die Ärmel aufgerollt und schaut mich jetzt direkt an. Ich werd' ihn mal reden lassen. Ich halte jetzt an. Er kommt auf mich zu. Jetzt geht's los.«

Beim Aussteigen beförderte Peter seine Sonnenbrille auf den Rücksitz.

»Hallo, Peter«, sagte der Mann, nahm seine Sonnenbrille ab und streckte seine Hand aus. Als Peter sie schüttelte, fielen ihm die blauen Augen des Mannes auf.

»Sollen wir im Auto reden oder die Aussicht genießen?« fragte der Mann.

»Äh, hier draußen«, sagte Peter.

»Einverstanden«, sagte der Mann und setzte die Sonnenbrille wieder auf. Er ging zurück an die Balustrade, von der man auf den Pazifik schauen konnte. »Ein paar Worte vorweg. Erstens sind wir der Ansicht, daß du das Zeug dazu hast, ein guter Basketballspieler zu werden.«

»Haben Sie mit Trainer Duggan gesprochen?«

Der Mann lächelte. »Vielleicht hätte ich als erstes sagen sollen, daß du keine Fragen stellen sollst, Peter. Ich erzähl' dir alles, was du wissen mußt.«

Warum der Typ wohl so ruhig ist, wunderte sich Peter. Wahrscheinlich hat er das schon hundertmal gemacht.

»Wenn wir uns treffen oder wenn ich dich anrufe – was nicht oft sein wird –, dann melde ich mich mit Michael Anthony.« Der Mann lachte. »Einfach aus Spaß, das war ein Typ aus einer alten Fernsehserie. Er hat für einen sehr reichen Mann gearbeitet, der ihm Schecks in Millionenhöhe gegeben hat. Anthony war der Bote, und er durfte keinem sagen, von wem das Geld kam.«

»Mmhm«, machte Peter.

»Ich arbeite auch für jemanden, Peter, und ich werde nicht sagen, für wen, und du darfst nicht danach fragen. Ist das klar?«

»Mmhm«, machte Peter wieder.

»Gut.« Michael Anthony zog ein Päckchen Kaugummi raus. »Hab' mit Rauchen aufgehört«, sagte er. »Willst du einen?«

Peter schüttelte den Kopf, dann nickte er. Vielleicht konnte er die Fingerabdrücke von dem Typ kriegen. Daran hätte sicher nicht mal Justus gedacht.

Pech. Michael Anthony hielt ihm das Päckchen so hin, daß er sich selbst einen nehmen konnte.

»Es gibt da jemanden, der bereit ist, einen Haufen Geld zu zahlen, damit du für Shoremont Basketball spielst. Du bist genau der Spieler, den Shoremont braucht. Wir wissen, daß du zumindest Interesse hast, weil du die ersten zwei Raten angenommen hast. Also, um ehrlich zu sein, viertausend Dollar sind noch gar nichts.«

Peter verschluckte sich fast an seinem Kaugummi.

»Aber du weißt nie vorher, wie hoch die nächste Zahlung ist. Eine der Regeln von meinem Chef. Trotzdem, eins kann ich dir sagen: Je besser du spielst, desto besser die Zahlungen.«

»Und das ist alles? Ich muß einfach nur Basketball spielen?« fragte Peter.

»Die Regeln sind ganz einfach. Du spielst wie ein Star –

das ist das wichtigste. Du mußt gute Noten machen. Dabei können wir dir nicht immer helfen. Aber wir können dir raten, welche Kurse du belegen sollst. Du sprichst mit keiner Seele über unsere Abmachungen – weder mit der Familie noch mit deinen Freunden, noch mit irgend jemand vom Team. Und du versuchst nicht, rauszukriegen, wer ich bin oder wer dir das Geld schickt. Also, wie steht's?«

»Tja, ich weiß nicht«, sagte Peter, der damit den Anweisungen von Justus folgte. Der hatte gesagt, er solle das Gespräch so lang wie möglich hinziehen. Aber Peter merkte schon, daß Michael Anthony ungeduldig wurde.

»Peter, du hast ganz schön lang überlegen können«, sagte Anthony, und seine Stimme, zwar noch ruhig, nahm allmählich an Festigkeit zu. »Jetzt überleg mal: Jeder Junge, der im College Basketball spielt, hofft, daß er mal in die Nationalliga kommt. Das ist die einzige Möglichkeit, wie ein Basketballspieler zu Geld kommen kann. Und weißt du, wie viele der tausend und abertausend Basketballspieler jährlich in die Nationalliga kommen?«

»Hundert?« tippte Peter.

»Fünfzig. Also keine große Chance, zu Geld zu kommen, was? Wenn du schlau bist, holst du das meiste aus deiner College-Laufbahn. Und ich hab' den Eindruck, daß du schlau bist, Peter. Also, ich muß ein gutes Basketball-Team zusammenstellen. Bist du dabei oder nicht?«

»Tja, ich glaub' schon«, sagte Peter. »Kann ich mich bis in ein paar Tagen fest entscheiden?«

Michael Anthony kaute eine Minute stumm auf seinem Kaugummi. »Es ist ein großer Schritt, eine wichtige Entscheidung.« Er legte den Arm um Peters Schulter und drehte Peter vom Pazifik weg, bis sie die Autos auf dem Parkplatz vor sich hatten. »Siehst du den Porsche da?«

»Den Targa?«

»Ja. Kein neues Modell.«

»Ich weiß. Baujahr '86, stimmt's?«

»Stimmt. Hier sind die Schlüssel, Peter.«

Peter sah hin. Der Schlüsselbund in Michael Anthonys Hand blitzte im hellen Sonnenlicht auf.

»Wie meinen Sie das?« fragte Peter, wobei sein Puls einen Gang hochschaltete.

»Er gehört dir. Vorerst als Leihgabe. Aber vielleicht für ganz, und du kannst dir denken, was ich dafür hören will. Also, Peter«, sagte Michael Anthony, »ich ruf' dich morgen wegen einer Entscheidung an. Viel Spaß.«

»Er geht jetzt, Justus«, verkündete Peter leise. »Langsam. Als ob nichts in der Welt ihn aus der Ruhe bringen könnte. Er steigt in einen neuen Thunderbird. Die Nummer kann ich nicht erkennen. Ich geh' jetzt zu dem Porsche. Nein, halt. Ich mach' erst mal den Kofferraum auf.«

Kaum war Michael Anthony angefahren, rannte Peter zur Arche und ließ Justus aus dem Kofferraum.

»Ich hab' jedes Wort verstanden«, sagte Justus. Er nahm ein paar tiefe Atemzüge der Pazifikluft.

»Los, komm, Justus«, sagte Peter und rannte zu dem blauen Sportwagen. »Los. Ist die Karre wirklich echt? Weißt du überhaupt, was das ist?«

»Na klar. Ein üppiges Bestechungsgeschenk.«

»Ja, ja, das kannst du jetzt so einfach sagen, aber wart mal, bis du damit fährst!« sagte Peter. Er öffnete die Fahrertür und sah hinein. »O Mann, o Mann, Justus! Los, steig ein. Wir machen 'ne Probefahrt.«

»Bist du blöd, Peter?« sagte Justus. »Er haut ab. Wir müssen ihm nach!«

»Ihm nach?« fragte Peter. Ihm war nicht ganz klar, was Justus meinte.

»Michael Anthony«, sagte Justus. »Wir müssen rausfinden, wo er hinfährt.«

»Ach so, na klar, null Problemo, super, okay, steig ein«, sagte Peter. Das war ja sogar ein echter Grund, diese tolle Kiste zu fahren. »Nein, halt!«

»Halt? Aber er haut uns ab!« sagte Justus und beeilte sich, auf den Beifahrersitz zu kommen.

Peter rannte noch mal zur Arche zurück und holte Sonnenbrille und Handschuhe raus. »Okay, nichts wie ab«, sagte er. Mit lautem Aufheulen startete er den 247-PS-Motor.

»Und die Arche?« fragte Justus.

»Soll verrosten!« rief Peter.

Schnüffeln kommt vor dem Fall

Peter und Justus saßen in dem Porsche, der mit laufendem Motor auf dem Aussichtsplatz stand.

»Er geht uns durch die Lappen!« rief Justus. »Fahr doch los!«

»Augenblick«, sagte Peter und starrte auf das Armaturenbrett des Wagens. »Ich muß erst mal wissen, was wo ist.«

Justus machte ein paar großspurige Gesten und dozierte wie ein Schulmeister: »Hier ist das Steuerrad. Das ist der Schaltknüppel, und da unten ist das Gaspedal. Wie wär's damit?«

Aber Peter ignorierte ihn und probierte jeden Schalter und Knopf auf dem Armaturenbrett aus. »Du weißt vielleicht nicht, Justus, warum so viele Fahrer ihren neuen Porsche um einen Baum wickeln! Weil sie meinen, dies Auto fährt sich wie jedes andere.«

Justus schüttelte bedauernd den Kopf. »Jetzt ist mir klar, warum die Polizei keine Porsche fährt. Weil sie sonst nie rechtzeitig an Ort und Stelle wären, um einen Fall zu lösen – und in dieser absurden Lage sind wir jetzt auch.«

Unvermutet machte der Wagen einen Satz nach vorne, und Justus hatte das Gefühl, daß er in den Ledersitz gepreßt wurde. Die Reifen drehten durch, spuckten Kies nach hinten weg, gruben sich endlich ein und ließen den Wagen wie eine Rakete auf die Pazifik-Küstenstraße schießen.

»Mannomann!« sagte Peter, bemüht, den Wagen mit präzisen Bewegungen in den Griff zu bekommen. »Ich hab' das Gaspedal nur angetippt.«

Der blaue Porsche surrte die kurvige Straße entlang und gewann an Geschwindigkeit, während Peter von einem Gang in den nächsten schaltete. Justus beobachtete den Verkehr. Gerade noch war ein Auto vor ihnen, im nächsten Augenblick hatten sie es schon überholt.

»Ich wollte eigentlich nur, daß du Michael Anthony einholst – nicht, daß du mit ihm um die Wette fährst!« bemerkte Justus.

»Was?« fragte Peter. Er war total abgehoben.

»Welche Farbe hat sein Auto?« fragte Justus.

»Ach so. Ein schwarzer Thunderbird«, sagte Peter und drosselte den Porsche auf die Geschwindigkeitsgrenze.

Justus beugte sich nach vorne und untersuchte Handschuhfach, Aschenbecher und das Seitenfach in der Tür. »Keine Kfz-Zulassung«, berichtete er. »Nicht mal ein Hauch eines Hinweises, wem die Kiste gehört oder wer sie gefahren hat. Wir müssen die Nummer überprüfen lassen. Vielleicht gibt uns das Aufschluß über diesen Mr. Anthony – oder seinen Arbeitgeber. Allerdings hab' ich irgendwie das Gefühl, daß der Name nicht so leicht rauszukriegen ist.«

»Da vorne ist er«, sagte Peter.

»Bleib bloß zurück«, warnte ihn Justus, als er das schwarze Auto entdeckte. »Er darf nicht merken, daß wir hinter ihm her sind.«

»Null Problemo«, sagte Peter. »Ich kann nur hoffen,

daß er ewig so weiterfährt. Ist die Kiste nicht ein Traum?«

Einen Augenblick lang ließ sich Justus in den wohlgepolsterten Ledersitz sinken und stellte sich die Gesichter seiner Freunde aus Rocky Beach vor, wenn er und Peter vorbeiführen. Er konnte die ungläubigen und neidischen Blicke direkt vor sich sehen.

»He – er biegt ab«, sagte Peter und holte Justus in die Gegenwart zurück. »Nach rechts in den Oceanside Country Club.«

»Na, das ist ja interessant«, meinte Justus, »das ist der exklusivste Club in der Gegend.«

»Was sollen wir machen, Justus«, fragte Peter und bremste bei der langen, gewundenen Einfahrt zu dem Club ab. »Die werfen uns doch raus.«

»Gib ihm Vorsprung. Dann fahren wir hinterher und fragen, wer das in dem schwarzen Thunderbird war, drehen wieder um und hauen ab«, schlug Justus zuversichtlich vor.

Peter fuhr auf den bewachten Parkplatz im Schatten eines riesigen weißgetünchten Backsteingebäudes. Das war das Clubhaus. Hinter dem Bau erstreckte sich eine Parklandschaft mit Rasen und Bäumen, Tennisplätzen, Swimmingpools und einem 18-Loch-Golfplatz.

Peter hielt an und ließ sein Fenster runter, um einen der Parkplatzwächter nach dem schwarzen Thunderbird zu fragen.

Aber der junge Mann riß sofort den Wagenschlag auf. »Guten Tag, Sir«, sagte er.

Peter wandte sich hilfesuchend an Justus.

»Könnten Sie uns sagen«, fragte Justus, »wer in dem schwarzen Thunderbird saß, der gerade reingefahren ist?«

»Tut mir leid«, sagte der junge Mann, »ich arbeite hier heute zum erstenmal. Hab' keine Ahnung, wer wer ist.«

»Ich glaube«, sagte Justus und klang auf einmal so, als ob er schon seit Jahren zum Club gehörte, »es ist ein alter Freund meines Vaters. Wir sagen mal eben guten Tag.«

»Gerne«, sagte der Parkplatzwächter und reichte Peter einen Parkschein. »Super Auto.«

»Danke«, sagte Peter. »Wollen Sie mal in den Motor schauen?«

»Halt die Luft an«, sagte Justus und ging zum Clubhaus voraus.

Justus und Peter traten in eine große Empfangshalle mit bequemen Sesseln und Sofas, duftenden Blumengebinden und sanfter Musik.

Langsam schritten sie über die dicken Perserteppiche in Richtung Restaurant, wobei sie versuchten, so unauffällig wie möglich zu erscheinen. Das Restaurant war ein riesiger glasüberdeckter Innenhof mit runden Tischen aus dunklem Holz und Stühlen mit geraden Lehnen und bunten Bezügen.

Justus und Peter blieben am Eingang stehen.

»Siehst du ihn?« fragte Justus.

»Ja«, sagte Peter und trat aus der Sichtlinie zurück. Aber er nickte kurz zu einem Zweiertisch hinüber, der in einer Nische stand.

Michael Anthony dinierte mit einer jungen Schönheit. Sie trug ein leuchtend grünes Kleid, das ihre sonnengebräunte Haut und ihr kastanienfarbenes Haar ganz besonders vorteilhaft hervorhob.

»Vielleicht arbeitet er für sie«, meinte Peter.

Aber in dem Moment nahm Michael Anthony die Hand der Frau. »Sieht nicht wie ein Geschäftsessen aus«, meinte Justus. »Trotzdem, ob sie wohl irgendwie mit dem Fall zu tun hat?«

»Achtung«, sagte Peter und stieß Justus an, »da kommt jemand, sieht ziemlich nach Geschäftsführer aus.«

»Du meinst wohl den Oberkellner«, korrigierte Justus.

»Und wenn er der Zirkusdirektor ist, auf jeden Fall scheint er uns nicht zu mögen. Was machen wir?«

Justus seufzte. »Schade, daß wir nicht hier essen können. Die Scampi sehen köstlich aus.«

Die beiden gingen hinaus, um im Porsche auf Michael Anthony zu warten. Justus beobachtete die Treppe vom Clubhaus, während Peter die Stationstasten des Radios einstellte.

»Sechs Boxen«, sagte er, in der Hoffnung, Justus zu beeindrucken.

»Für so ein kleines Auto?« meinte Justus boshaft. »Versuch mal, das Zündschloß zu finden. Unser Mann kommt gerade raus.«

Michael Anthony trat aus dem Clubhaus. Er hielt noch immer die Hand der jungen Dame. Aber dann stiegen sie in verschiedene Autos ein.

»Folgen wir ihr?« fragte Peter.

»Nein, ihm«, entschied Justus.

Sie fuhren nach Süden, vorbei an Rocky Beach, an

Santa Monica und El Porto Beach. Dann verließ Anthony die Schnellstraße, nahm verschiedene kleinere Straßen, bis er zu einer hohen steinernen Mauer mit Eisenportal gelangte. Auf der großen Messingtafel, die neben dem Portal an der Mauer angebracht war, stand COSTA VERDE COLLEGE. Justus' graue Zellen lebten sofort auf. Es war, als ob er nach tagelangem Herumirren ohne Wasser plötzlich auf eine Quelle gestoßen sei.

»Costa Verde – die Erzrivalen von Shoremont!« dachte er laut vor sich hin, während Peter dem schwarzen Wagen vor ihnen langsam folgte. »Eine interessante Theorie: Michael Anthony arbeitet für das Costa Verde College – vielleicht sogar für Trainer Bernie Mehl. Weil man weiß, daß Duggans Ruf schon angeknackst ist, bestechen sie Spieler von Shoremont, um einen Skandal zu provozieren.«

»Das glaubt Trainer Duggan ja auch. Zumindest hat er das mehr oder weniger genau in einem Fernseh-Interview nach dem Spiel gestern abend angedeutet«, sagte Peter.

»Wirklich?« fragte Justus. »Hab' ich nicht gesehen. Was hat er denn genau gesagt?«

»Sowas wie ›Bernie Mehl versucht, einen Skandal heraufzubeschwören und mich zu ruinieren‹.«

»Hmmm.« Justus dachte einen Moment nach. »Vielleicht betrifft diese Schmiergeldaffäre mehr als nur ein College. Könnte sein, daß Michael Anthony bei mehreren Colleges der Geldbote ist.«

Peter blieb der Mund offenstehen.

»Ich deute nur Möglichkeiten an, Peter.«

»Ja, aber wenn die Geschichte solche Ausmaße hat, kriegen wir nie genug Beweise zusammen«, sagte Peter.

»Ach komm«, sagte Justus, während Peter auf einen Parkplatz fuhr, »das ist wenigstens mal ein Anfang.«

Von jetzt ab mußten sie Anthony zu Fuß folgen. Er schien genau zu wissen, wo er hinwollte, als er so die Fußwege des kleinen Campus durchmaß. Peter und Justus liefen hinterher, versuchten, ihn nicht aus den Augen zu verlieren und gleichzeitig nicht mit den von Gebäude zu Gebäude eilenden Studenten zusammenzustoßen.

»Hallo, du fettes, schwachsinniges Frettchen!«

Die Stimme klang so bösartig, daß Justus vor Überraschung stehenblieb, um zu sehen, was los war. Unter einem Baum standen vier Typen. Zwei davon erkannte Justus sofort.

»O nein«, sagte Peter, »das sieht nach Nummer 32 und 52 aus – die Basketballspieler, die dich gestern in der Mangel hatten. Keine Panik. Mit denen werden wir wieder fertig.«

Die vier Schlägertypen von Costa Verde ließen ihre Bücher auf den Rasen fallen und kamen auf Justus zu.

»Hey, Jungs, ich glaube, Lori will eins auf die Nuß!«

»Peter«, sagte Justus, »ich glaub' nicht, daß wir mit vieren fertig werden. Komm, wir hauen ab.« Und schon rannte er los.

Peter folgte ihm und holte ihn schnell ein. Die vier Schläger kamen mit schweren Schritten hinter ihnen her und näherten sich rasch.

»Die schlagen mich zu Brei«, schrie Justus heftig atmend.

»Ich renn' in die andere Richtung und versuch', sie in zwei Gruppen aufzusplitten«, rief Peter.

Justus lief, so schnell er konnte, aber er hatte keine Ahnung, in welcher Richtung der Porsche stand. Darum rannte er einfach auf den großen Rasen zu. Plötzlich bekam er furchtbares Seitenstechen vom Laufen. Er schaute sich um und sah, daß nur einer der Basketballspieler hinter Peter her war. Also waren ihm drei dieser Riesenkerle auf den Fersen.

Justus kam an eine Straße, die er knapp vor einem vorbeifahrenden Auto überquerte. Dann sauste er in eine Gasse zwischen zwei Hörsaalgebäuden. Aber als er um die Ecke bog und hoffte, sich irgendwo verstecken zu können, rannte er voll in eine Gruppe von Costa Verde-Studenten.

»Kenny! Schnapp dir den Fettsack!« schrie eine Stimme hinter ihm. Jemand aus der Gruppe, der Justus direkt in die Arme gelaufen war, packte ihn. Das mußte dieser Kenny sein.

Er versuchte, sich frei zu machen, aber durch den Zusammenstoß hatte er so an Tempo verloren, daß die drei Schläger ihn jetzt fast eingeholt hatten. Er fühlte sich erneut von ein paar Händen gepackt. Es war Nummer 52 mit dem grünen Costa Verde-T-Shirt. Er umklammerte Justus und schüttelte ihn hin und her. Und ehe Justus eigentlich wußte, was los war, machten sich alle drei mit Hieben und Stößen über ihn her.

Justus kämpfte und schlug um sich, aber es half nichts. Bei drei so hünenhaften Kerlen, die ihn an Armen und Beinen festhielten, kam er mit seinem Judo nicht zum Zuge. Plötzlich hoben sie ihn hoch und schleppten ihn weg. Wo brachten sie ihn hin? Das sollte er gleich merken. Die drei Angreifer ließen ihn unsanft in einen Abfallkorb aus Draht fallen, der an der Straßenecke stand.

»Da gehört Lori hin!« sagte Nummer 52, indem er Justus noch einen Tritt versetzte.

»Ja – in den Käfig mit dir, Papagei! Und daß du die Zeitungen nicht schmutzig machst!«

Alle drei lachten, dann wandten sie sich ab und gingen.

Justus fühlte sich gedemütigt, wütend, zerschunden, wund – und außerdem feucht und klebrig von irgendwas, das unter ihm im Abfallkorb lag. Aber ehe er etwas unternehmen konnte, fuhr Peter in dem Porsche vor.

»Steig ein«, rief Peter und ließ das Fenster an der Bordseite mit dem automatischen Fensterheber nach unten surren. Mühsam kletterte Justus aus dem Abfallkorb, stieg in den Porsche und zog die Tür zu. Eine Weile saß er stumm da, heftig atmend und schweißtriefend. Dann erst bemerkte er, daß Peter eine geplatzte Lippe und ein blaues Auge hatte.

»Der vierte war auch nicht ganz ohne, wie ich sehe.« Peter nickte kurz.

»Hauptsache, wir sind sie los«, sagte Justus.

»Wir sind nicht nur die los«, sagte Peter und verzog

das Gesicht. »Als ich zum Parkplatz kam, war der schwarze Thunderbird weg. Michael Anthony ist uns doch noch durch die Lappen gegangen.«

Powers macht Druck

»Michael Anthony will dich heute anrufen. Wir müssen also hierbleiben und auf den Anruf warten«, sagte Justus. Er war gerade dabei, einen Kassettenrecorder an das drahtlose Telefon in Peters Küche anzuschließen.

»Mensch, Justus, ich muß hier raus. Ich kann doch nicht den ganzen Samstag zu Hause rumsitzen«, sagte Peter und warf einen sehnsüchtigen Blick auf den blauen Sportwagen in der Einfahrt. »Der Schlitten ist hier nicht sicher.«

Justus zog eine Augenbraue hoch. »Bitte?«

»Gestern abend haben alle möglichen Leute bei mir angerufen und gefragt, ob sie mal damit fahren dürfen. Die Hälfte von ihnen kannte ich nicht mal.« Peter war ganz offensichtlich höchst erregt, denn er goß Orangensaft statt Milch auf seine Frühstücksflocken. »Meinen Eltern hab' ich gesagt, daß das Auto was mit einem Fall zu tun hat, an dem wir gerade dran sind. Weißt du, was sie gesagt haben?«

»Was denn?« wollte Bob wissen.

»Ob *sie* mal damit fahren könnten!« sagte Peter und nahm einen Löffel Frühstücksflocken. »Alle wollen damit fahren.«

»Klar. Ich dachte, ich könnte auch mal 'ne Runde drehen, während du hier wartest«, meinte Bob.

Peter verdrehte die Augen. »Jetzt kapier' ich, warum du heute hier und nicht in der Musikagentur bist.«

»Ach ja, und übrigens: Sax möchte auch mal damit fahren.«

Peter wollte gerade einen Löffel Frühstücksflocken nach Bob werfen, als das Telefon läutete.

»Hab' ich's nicht gesagt, daß er anruft!« rief Justus und stellte schnell den Recorder an. »Sprich so lang wie möglich mit ihm, Peter. Er ist unsere einzige Spur.«

Peter stellte die Mithöranlage an, damit alle das Gespräch verfolgen konnten. Aber es war Kelly, die vom Skiurlaub anrief.

»Super Abfahrten hier! Aber du fehlst mir, Peter«, sagte sie. »Vermißt du mich auch?«

»Äh, klar«, sagte Peter. »Wart mal kurz, Kel, ich hab' nämlich die Mithöranlage an.«

»Ach so. Hallo, Bob, hallo, Jus – ich meine, Herr Studiosus«, fügte sie kichernd hinzu.

Justus fauchte in Richtung Telefon.

»Und was machst du so, Peter? An der Arche rumbasteln?«

»Nö«, sagte Peter und zwinkerte Bob und Justus zu. »Ich weiß nicht mal, wo sie steht. Ich fahr' jetzt einen anderen.«

»Du hast schon wieder einen neuen? Das ist ein neuer Rekord. Was hast du diesmal?«

»Einen Porsche.«

»Peter, die Leitung ist so schlecht. Das klang eben fast wie Porsche.«

»Baujahr '86. 911 Targa. Absolut cooles Blau.«

»Jetzt übertreibt's mal nicht, Jungs. Ich find' das gar nicht witzig.«

»Stimmt aber«, sagte Bob, »Peter hat 'nen Porsche. Als weitere Rate von dem Typ, der ihn kaufen will.«

Das verschlug Kelly die Sprache. »Peter, wenn du mich wirklich magst, versprichst du mir, daß ihr den Fall nicht löst, bevor ich wieder da bin und mitfahren darf.«

»Versteht ihr jetzt, was ich meine?« beklagte sich Peter zu seinen Freunden hin.

»So wie's bisher läuft, ist das ein Versprechen, das er unbesorgt machen kann«, murmelte Justus düster.

Um Viertel nach zehn klingelte das Telefon wieder. Bob ging dran. Diesmal war es Valerie. Die beiden sprachen fünf Minuten miteinander, bis sie dann merkten, daß sie sich gar nicht kannten. Valerie hatte sich verwählt. Trotzdem verabredeten sie sich fürs Kino.

»Wenn sich bei mir jemand verwählt, will er mir meistens ein Zeitungsabo andrehen«, seufzte Justus.

Genau um elf Uhr klingelte das Telefon zum drittenmal. Justus stand am nächsten und hob ab. Es war Chuck Harper, der Präsident von Shoremont College. Die Telefonanlage in der Zentrale hatte den Anruf automatisch auf Peters Telefon durchgestellt.

»Justus, könntest du mit deinen Freunden heute nachmittag um vier Uhr in mein Büro kommen?« fragte Harper.

»Selbstverständlich«, sagte Justus. Danach sah er auf die Uhr. Fünf Stunden lang mußten sie jetzt nachgrübeln, warum Präsident Harper so besorgt geklungen hatte – und warum Michael Anthony nicht anrief.

Das Telefon wollte einfach nicht mehr klingeln. Als es schließlich zwei war, machte Peter Justus und Bob vor Nervosität fast verrückt.

»Sollen wir noch weiter auf diesen Michael Anthony warten oder was?« fragte Peter. Dabei warf er die Porscheschlüssel immer wieder in die Luft und fing sie auf.

»Es sieht fast so aus, als würde er nicht mehr anrufen«, gab Justus zu. »Vielleicht hat er uns entdeckt, als wir ihm gestern gefolgt sind.«

»So ein Pech aber auch«, sagte Peter, und ein breites Grinsen überzog sein Gesicht. »Okay, ich hau' ab.«

»Kannst mich bei Sax absetzen«, sagte Bob, »sonst schaff' ich es nicht mehr bis vier. Ich muß heute abend und morgen arbeiten. Und Montag.«

»Alles klar«, stöhnten Justus und Peter gleichzeitig.

Die drei quetschten sich in den Porsche und fuhren Bob zur Musikagentur. Danach kurvten Peter und Justus in der Gegend herum, bis es Zeit war, nach Shoremont zu fahren.

Wie an einem Samstagnachmittag zu erwarten, war das Verwaltungsgebäude ruhig und leer. Diesmal saß Präsident Harper hinter seinem Schreibtisch, nicht auf ihm. Er bog eine Büroklammer nach der anderen auf, und sein Gesicht sah sehr ernst aus. Es war noch ein Mann im Zimmer, der in einem hochlehnigen Ledersessel saß.

»Justus Jonas und Peter Shaw, darf ich euch mit John Hemingway Powers bekannt machen«, sagte Präsident Harper. Ach ja, dachte Justus bei sich, du bist also der Krösus, der eine neue Sportanlage bauen will.

Der Mann erhob sich. Er war nicht gerade groß. Sein Haar war dunkel und wellig, und er trug einen schmalen Schnurrbart. Er sah wie der durchschnittliche Managertyp im teuren dunkelblauen Anzug aus – nur sein Blick paßte nicht dazu. Der war düster und schien die beiden Jungen zu durchbohren, als sie seine Hand schüttelten.

»Präsident Harper hat mich informiert, daß Sie Bestechungsgeld erhalten haben, um sich in Shoremont einzuschreiben«, sagte er mit gepreßter Stimme zu Peter. »Und *Sie*«, wandte er sich an Justus, »haben sich als Student eingeschlichen, um rauszufinden, von wem das Geld kommt.«

Präsident Harper räusperte sich. »Als Mr. Powers und ich heute morgen zusammen Tennis gespielt haben«, erklärte er, »hat er erwähnt, daß er einen weiteren Betrag stiften will – der Trainer Duggan zusätzlich zur Verfügung gestellt werden soll. Ich sagte nur, daß ich das zur Zeit nicht für angebracht hielte, und wollte es dabei bewenden lassen. Aber –« Mit resolutem Tonfall unterbrach ihn Powers: »Wenn mir jemand sagt, daß ich etwas lassen soll, dann frage ich natürlich, warum.«

Etwas unangenehm berührt, fuhr Präsident Harper

fort. »Kurz und gut, ich habe mich entschlossen, daß es nur fair ist, John von eurem Verdacht in Kenntnis zu setzen. Zu meiner Erleichterung versteht und akzeptiert John die Art und Weise, wie wir an das Problem herangehen. Er hat sogar freundlicherweise angeboten, die Untersuchung auf jede nur mögliche Art zu unterstützen. Aber natürlich will er, genau wie ich, einen Skandal vermeiden.«

»Also?« sagte Powers und starrte Justus und Peter an. Justus war klar: John Hemingway Powers wollte wissen, wie es stand – und zwar sofort.

»Ich würde sagen, wir stehen kurz davor, aufzudecken, welche Spieler Schmiergelder bekommen und wer dahinter steckt«, sagte Justus, und er versuchte, so zuversichtlich wie möglich auszusehen. »Ein Mann, der sich Michael Anthony nennt, hat persönlich mit Peter Kontakt aufgenommen. Er hat Peter ein Auto hingestellt –«

»Einen Porsche«, unterbrach Peter.

»Und er hat sogar zugegeben, daß er im Auftrag handelt. Aber wir haben noch nicht raus, für wen.«

»Was meinen Sie?« fragte Powers.

»Trainer Duggan«, meinte Präsident Harper.

»Möglich«, sagte Justus, »aber es könnte auch sein, daß Bernie Mehl Duggan was anhängen will.«

»Genau. Wir sind Michael Anthony zum Campus von Costa Verde gefolgt«, ergänzte Peter.

»Jungs, mir ist egal, wer dahinter steckt«, sagte Präsident Harper. »Ich will nur, daß ihr Beweise findet und die Sache möglichst schnell aufklärt. Das muß geklärt sein, bevor irgendwas nach außen dringt. Wenn die Presse erst was erfährt, dann werden wir mit ein paar Federstrichen vernichtet.«

Powers wandte sich an Präsident Harper. »Chuck, ich bin überzeugt, daß Sie die Sache richtig angehen. Mir scheint, diese Herren sind auf der richtigen Spur.«

Er warf Peter einen seiner durchdringenden Blicke zu. »Junger Mann, ich hoffe, Sie bekommen keinen falschen Eindruck von Shoremont. Was ich hier als Student gelernt habe, hat mich zu dem gemacht, was ich heute bin. Es ist ein ausgezeichnetes College. Und wenn Sie wirklich ein so hervorragender Sportler sind, freuen wir uns, wenn Sie sich einschreiben – aber natürlich nicht gegen Schmiergeld.«

Als Justus und Peter das Gebäude verließen, meinte Peter: »Dieser Powers, der ist echt eine Kategorie für sich. Ich wette, der könnte einem Erdbeben befehlen loszugehen.«

»Das würde er garantiert versuchen«, stimmte Justus zu. »Bestimmt erwartet er, daß wir den Fall bis morgen lösen.«

»Morgen ist Sonntag. Meinst du, das klappt?«

»Hängt ganz davon ab, was ich aus Walt Klinglesmith rausbekomme. In einer Stunde treff' ich mich mit ihm wegen Chemie. Bis später dann.«

Während Justus auf Walt wartete, überlegte er sich verschiedene Strategien.

Strategie 1 war, Walt erst mal auszuquetschen. Er würde so nebenbei ein paar einfache Fragen stellen.

Zum Beispiel: »Wer hat dich für das Shoremont Team angeworben?« und »Aus welchem Grund hast du zugestimmt?« Wenn er auf diese unverfängliche Weise nicht weiterkam, würde er Walt vielleicht einfach direkt nach den Schmiergeldern fragen. Justus glaubte, daß Walt noch am ehesten darüber Auskunft geben würde.

Strategie 2 war, Trainer Duggans Büro genau zu durchsuchen. Duggan war immer noch der Verdächtige Nummer eins, aber Justus war bis jetzt noch nicht nah genug an ihn rangekommen, um was rauszufinden.

Strategie 3 war noch nicht ausgereift. Sie kam von Peter. Er schlug vor, Bernie Mehl, den Trainer von Costa Verde, genau unter die Lupe zu nehmen. Justus mußte zugeben, daß das vernünftig klang. Aber er sagte Peter gleich, daß es ihm nicht im Traum einfallen würde, auch nur eine Sekunde auf dem Campus von Costa Verde zu erscheinen. Nicht, solange diese Schlägertypen nach dem Blut des Maskottchens lechzten! Also schlug er vor, daß Peter sich Bernie Mehl alleine vorknöpfte. Aber darauf erwiderte Peter: »Es ist schon bescheuert genug, daß wir nur noch zwei ?? sind, nachdem Bob die ganze Zeit fehlt. Aber nur ein ? – ? Nein danke!«

»Hallo Justus«, rief eine Mädchenstimme und holte ihn in die Gegenwart zurück.

Justus drehte sich um und sah Cathy, eine der Cheerleader, die Rekordrednerin, die so schnell quasselte, daß man sich fragte, ob sie die Schallmauer durchbrechen wollte. Sie kam auf ihn zu.

»Hallo. Wie geht's? Du warst super bei dem Spiel. Du machst doch diese Woche noch mal unseren Papagei, ja? Steve humpelt nämlich noch gewaltig.«

»Äh, tja, ich glaub' schon«, stotterte Justus.

Cathy ließ sich dicht neben ihm nieder. »Justus, können wir mal irgendwann über ein Philosophie-Referat sprechen, das ich schreiben muß? Bestimmt hast du eine Menge Tips für mich. Könntest du?«

Das hat mir noch gefehlt, dachte Justus. Richtige Hausarbeiten und Referate! Dadurch, daß er bisher nur kurz in jedem Kurs gewesen war, hatte er richtiges Arbeiten vermeiden können. Und so wollte er es auch weiter halten.

Justus stammelte herum und versuchte zu antworten, ohne sich festzulegen. Da tauchte zum Glück Walt Klinglesmith auf.

»Tut mir leid, daß ich spät dran bin, Justus«, sagte er. »Hallo, Cathy.«

»Hallo, Walt«, sagte Cathy.

»Tut mir echt leid, Justus, aber ich bin total k.o. Wird heute nichts mit Lernen. Duggan hat uns fast das Kreuz gebrochen beim Training. Ich muß heim und auspennen.«

Justus machte ein betretenes Gesicht, weil er die Möglichkeit dahinschwinden sah, noch einige Einzelheiten über die Schmiergeldgeschichte rauszufinden.

»Mann, mach nicht so ein ernstes Gesicht«, sagte Walt. »Warum kommst du nicht am Dienstag abend auf die Fete in Cory Brands Wohnung, okay? Massenhaft Leute. Kannst jemanden mitbringen, wenn du willst.«

»Gute Idee, Justus, vielleicht können wir da ein bißchen philosophieren«, zog ihn Cathy auf.

»Na gut«, sagte Justus grinsend.

Eine Fete in Corys Wohnung – das war doch *die* Gelegenheit, um weitere Informationen für den Fall zu sammeln. Andererseits konnte der Fall nicht bis Dienstag abend warten. Die Zeit lief davon, und jetzt gab es auch Druck – vor allem, seit Krösus Powers hinter ihnen her war. Justus beschloß, daß der Sonntagmorgen dem Hauptverdächtigen gewidmet werden mußte: Duggan. Ein Besuch in Duggans Büro war schon lange überfällig. Bestimmt ist die Sporthalle um diese Zeit leer, dachte Justus, als er über den Campus spurtete.

Falsch. Der Klang von aufprallenden Basketbällen hallte durch die Sportanlage, kaum daß Justus eingetreten war. Er spähte in die Halle und sah das gesamte Team. Es schien, daß Duggan hart mit ihnen arbeitete und für das ganze Wochenende Training angesetzt hatte. Kein Wunder, daß sie die Party für Dienstag geplant hatten. Wenn Sonntag morgen Training war, konnte man Samstag abend nicht feiern!

Justus schlich sich durch den hinteren Gang zu Duggans Büro, um nicht gesehen zu werden. Justus hatte Herzklopfen. Wenn Duggan nun zurückkam, während er rumschnüffelte . . ., wenn man ihn erwischen würde . . ., dann war der Fall dahin, und er wurde entlarvt.

Auf dem Flur vor Duggans Büro blieb er stehen, sah sich nach allen Seiten um und drehte dann am Türknopf.

Offen. Schnell verschwand er hinter der Tür und stand im Vorraum des Büros. Jetzt hieß es rasch handeln.

Mit feuchten Händen spannte Justus ein Blatt Papier in die Schreibmaschine der Sekretärin und tippte ein paar Wörter. Dann hielt er den Bogen gegen das Licht und legte einen der Bestechungsbriefe dahinter. Waren die Typen identisch? Er brauchte einen Augenblick, um sicherzugehen – nein, keinesfalls. Also schlich sich Justus in das Privatbüro des Trainers und schloß die Tür.

Sofort schaltete er Duggans PC ein, damit er eine Probe ausdrucken und mit Peters Brief vergleichen konnte. Der Lärm des Nadeldruckers machte ihn nervös. Man konnte ihn womöglich vor dem Büro hören. Und was noch schlimmer war, er selbst konnte jetzt nicht hören, ob jemand kam. Während der Drucker vor sich hin quietschte, sah Justus die Papiere auf Duggans Schreibtisch durch, paßte aber auf, daß er nichts verschob. Er las Notizen, Talentberichte, Spieltabellen und Materiallisten. Aber eine dreiviertel Stunde später gab er auf. Auf dem Schreibtisch lag absolut nichts, was Duggan belastete. Und der Computerausdruck stimmte auch nicht mit dem Brief überein.

Was nun? fragte sich Justus. War Duggan doch unschuldig? Oder steckte jemand ganz anderes dahinter – auf den sie einfach noch nicht gekommen waren?

Eine Möglichkeit gab es noch: Vielleicht arbeitete der geheimnisvolle Michael Anthony gar nicht für jemand anders. Vielleicht arbeitete er ja auf eigene Faust!

Eine Bombenparty

Am Montag tat sich in dem Fall rein gar nichts mehr. Es war ein Feiertag, und weder in Shoremont noch in Costa Verde fanden Vorlesungen statt. Justus machte einen halbherzigen Versuch, Bernie Mehl zu Hause anzurufen, um ihm ein paar Fragen zu stellen. Aber Mehl war nicht da.

Daher vertrödelten Justus und Peter den Tag schließlich in der Zentrale, spielten Video-Spiele und bastelten an ihrer elektronischen Ausrüstung rum.

Der Dienstag lief jedoch ganz anders. Justus hatte das unbestimmte Gefühl, daß sich etwas Außergewöhnliches in dem Fall ergeben würde. Vielleicht ein Indiz oder eine Spur bei Cory Brands Party am Abend. Justus verbrachte den Nachmittag in der Werkstatt damit, sich zurechtzumachen. Als er hörte, wie sich hinter ihm die Werkstattür öffnete, schaltete er rasch das Videogerät ab.

Mit den Worten: »Justus, Neuigkeiten«, stürzte Peter herein. »Hey, was hast du angeschaut? 'nen alten Film?«

»Nö, nichts.« Justus versuchte, rasch das Thema zu wechseln. »Was für Neuigkeiten?«

Peter starrte in das schuldbewußte Gesicht von Justus. »Was hast du angeschaut?«

»*Nichts*«, sagte Justus noch entschiedener.

»Und warum ist dann der Bildschirm an, und warum hast du die Fernbedienung in der Hand? Du hast wohl vergessen, daß ich einer der drei ??? bin, oder?«

Justus hüstelte. »Okay, ich hab' was angeschaut.«

»Das will ich auch sehen.«

Als Peter auf den Videorecorder zuging, versuchte Justus, ihm zuvorzukommen. Aber Peter wich ihm aus und stellte das Gerät an.

Auf dem Bildschirm erschien Justus Jonas. Er stand in der Werkstatt – in Jeans und einem gelben T-Shirt mit der Aufschrift: DER MENSCH IST, WAS ER ISST. Justus drehte und wendete sich wie in einer Modenschau. Seitenansicht . . . Rückenansicht . . . Dann verschwand das Bild, und auf der nächsten Einstellung trug er knallbunte Shorts mit einem T-Shirt, auf dem stand: FESTEN, NICHT FASTEN. Dann kam wieder ein neues Bild. Diesmal trug Justus einen Jogginganzug mit der Aufschrift: WORT-JOGGER: MIR LÄUFT DER MUND ÜBER.

»Was soll denn das sein – die *Justus Jonas-Show*?« fragte Peter.

»Äh, nein, ähm, unsere Überwachungskamera hat eine Wartung gebraucht, ich hab' sie ausprobiert«, sagte Justus.

»Erzähl nichts. Du hast ausprobiert, was du heute abend zu Cory Brands Party anziehst«, stellte Peter genüßlich fest.

»Quatsch«, sagte Justus und schaltete den Videorecorder ab.

»Hat alles gut ausgesehen«, sagte Peter. »Aber vielleicht müssen wir gar nicht zu der Party.«

»Und wieso nicht?« fragte Justus.

»Ich hab' doch gesagt, es gibt Neuigkeiten. Gute Neuigkeiten«, berichtete Peter. »Ich hab' endlich von unserm Kontaktmann bei der Polizei gehört. Die EDV-Anlage war übers Wochenende mal wieder zusammengebrochen – konnte erst heute gerichtet werden. Jetzt hat er mir den Besitzer von dem Porsche rausgesucht.«

»Wer ist es?«

»Ein gewisser Barry Norman, in der Lyle Street 45 in Manhattan Beach, Kalifornien«, sagte Peter und streckte Justus einen Computerausdruck hin.

Justus überflog den Ausdruck und sagte: »Komm, wir besuchen ihn.«

Die beiden Freunde stiegen in den Porsche. Ungefähr eine Stunde später standen sie vor dem besagten Haus in der Lyle Street. Es handelte sich um ein kleineres Bürogebäude aus Beton und Glas.

»Park mal lieber ein paar Straßen weiter«, sagte Justus. »Nicht daß Mr. Barry Norman den Porsche sieht und abhaut. Ich wart' in der Eingangshalle.«

Als Peter kurz danach durch die Drehtür in die Halle trat, studierte Justus die schwarze Anzeigetafel an der Wand, auf der alle Firmen im Haus verzeichnet waren.

»Barry Norman . . . Nummer 421. Das geht ja fast zu glatt«, sagte Justus und marschierte zum Lift.

Die Bürotür Nummer 421 war zu. An der schwarzen Holztür war ein Messingschild angebracht.

»Barry Norman, Rechtsanwalt«, las Justus.

»Er wird selbst einen guten brauchen, wenn wir mit ihm fertig sind«, sagte Peter und klopfte an die Tür. Erst klopfte er leise, dann, beim zweitenmal, lauter. Beim drittenmal schlug er fast die Tür ein. »Keiner da.«

»Das war mir bereits nach dem zweiten Versuch klar«, sagte Justus, der schon wieder den Rückweg angetreten hatte.

Draußen stiegen sie in den Porsche, aber von ihrem Parkplatz aus konnten sie das Bürogebäude nicht überwachen. Deshalb fuhr Peter wieder in die Lyle Street und parkte bei einer Telefonzelle.

Dann warteten sie.

Jedesmal, wenn ein Mann das Gebäude betrat, gaben sie ihm ein paar Minuten, um nach oben zu gehen. Dann rannte Peter zu dem Telefon und rief in Barry Normans Büro an. Aber kein einziges Mal wurde abgenommen.

»Sieben Uhr, Justus. Ich halt' das Rumsitzen nicht mehr aus«, sagte Peter schließlich. »Der kommt nicht mehr.«

»Die logische Erklärung dafür wäre, daß er einen Gerichtstermin oder sonst einen Termin hat«, stellte Justus fest. »Aber ich werd' das komische Gefühl nicht los, daß noch was anderes im Busch ist. Wenn ich nur wüßte, was. Trotzdem, ich glaube nicht, daß wir das heute noch rauskriegen.«

»Okay. Party-Zeit!« sagte Peter und ließ den Porsche aufheulen. »Auf zu Cory Brand.«

»Nicht direkt. Ich muß noch mal heim und mich umziehen.«

Die Party war schon voll in Gang, als Justus und Peter schließlich eintrafen. Justus trug das rot-weiße Shoremont Sweatshirt, das er eine Woche vorher in dem College-Buchladen gekauft hatte. Die Musik war so laut, daß die Wände wackelten. Jeder Winkel der großen, modernen Wohnung – Wohnzimmer, Küche, Flur – war voll von Studenten, die sich unterhielten oder tanzten. Justus erkannte ein paar Basketballspieler und Cheerleader-Mädchen.

»Super Wohnung, Mann«, sagte Peter und sah sich um. »So 'ne Studentenbude hätte ich auch gerne!«

»Kein Problem, wenn du dich für Shoremont entscheidest«, sagte Justus anzüglich. »Halt die Ohren offen. Das ist jetzt die beste Gelegenheit, rauszufinden, welcher Spieler Schmiergeld kriegt. Und vergiß nicht, dein Inkognito zu wahren: Wir waren letztes Jahr in Rocky Beach zusammen ... Ich hab' dich zufällig getroffen und dich mitgebracht. Okay?«

»Geht klar.«

»Hey, Justus!« rief Cory Brand. Er schob sich durch die Menge und begrüßte Justus am Eingang. »Na, will Lori einen Cracker haben? Erinnerst du dich? Hm? Guter Witz, was?«

»Wär' fast drauf reingefallen«, murmelte Justus in Peters Richtung. »Cory, das ist ein Freund von mir, Peter.«

»Hallo, Peter.« Cory mußte gegen den Lärm anschreien. »Los, Jungs, steht nicht ohne was rum. Holt euch was zu trinken, und feiert mit, bevor die Polizei hier wegen Ruhestörung dichtmacht.«

Cory lachte und ging weiter. Justus und Peter sahen sich um. Peter blieb immer mal stehen und stopfte sich was in den Mund, aber Justus machte die Runde.

»Hallo, Justus.«

Sofort erkannte er den liebenswerten Südstaatenakzent. Er wandte sich um und suchte nach einer geistreichen Bemerkung. »Äh, hallo, Sarah«, sagte er. Einer der Tanzenden rempelte ihn an und schubste ihn noch näher an das hübsche Mädchen aus der Cheerleader-Gruppe.

Beide verstummten.

»Und, wie findest du die Vorlesungen?« fragte Sarah. Sie schaute ihn nicht an. »Mensch, so eine blöde Frage.«

»Hab' schon blödere Fragen gehört, und zwar jede Menge«, sagte Justus und grinste.

»Ich . . . also, ich . . . ich kann besser zuhören als reden.«

»Äh, ich eigentlich auch«, sagte Justus schnell.

Sarah mußte lachen. »Du doch nicht. Ich hab' dich ja bei dem Basketballspiel gehört. Du warst echt komisch als Papagei.«

»Ähm«, machte Justus. Wie konnte es nur passieren, daß der Junge mit dem größten Wortschatz von allen Schülern nichts anderes rausbrachte, als »ähm«?

Da fühlte er plötzlich, wie sich eine große Hand auf seine Schulter legte und ihn sanft schüttelte. Er sah, daß Sarah ebenfalls eine Hand auf der Schulter hatte.

»Na, Leute, wie geht's?« sagte ein Kerl mit schwarzen Locken, die ihm bis auf den Kragen hingen. Er kam offensichtlich aus Texas und schrie Justus direkt ins Ohr. Er roch ziemlich nach Bier.

Na wunderbar, dachte Justus. Das hat mir gerade noch gefehlt – so ein Koloß, der hinter Sarah her ist. Wie komm' ich gegen den an?

»Tim«, sagte Sarah, »du hast zuviel getrunken.«

»Hör mal«, sagte der Kerl, »schließlich hab' ich das ganze Essen und Trinken hier bezahlt. Also, im Prinzip könnt' ich das alles alleine trinken. Wie heißt dein Freund?«

Sarah wurde rot, Justus auch.

»Tim Frisch. Justus Jonas.«

»Grüß dich. Und deine Schwester heißt Justitia? Hahaha!«

Justus rang sich ein Lächeln ab. Endlich stand er dem letzten der fünf Basketballspieler aus dem Anfängerjahr gegenüber. Tim hatte in der letzten Woche alle Vorlesungen geschwänzt, deshalb hatte Justus ihn noch nicht kennengelernt. Jetzt versuchte er, sich ein Bild von ihm zu machen. Tim trug teure Klamotten und gab damit an, daß er das ganze Bier bezahlt hatte. Vielleicht stand er ja auch auf Michael Anthonys Schmiergeldliste.

»Was, du hast das gesamte Bier für diese Fete bezahlt?« fragte Justus.

»Ganz genau, Kumpel. Wer Freunde will, muß was springen lassen – stimmt's etwa nicht?« Tim hob die Hand und spreizte alle fünf Finger, aber er konnte sie nicht ruhig halten.

»Da hast du recht«, sagte Justus und klatschte mit seiner Hand gegen Tims Handfläche. »Wenn du das Geld hast.« Er lächelte Sarah zu, als ob er nur Konversation machte.

»Ich hab' genug«, sagte Tim und grinste dämlich. »Und du, Justus, was ist dein Fach?«

»Äh, mein Hauptfach ist –« Justus war versucht zu sagen, sein Hauptfach sei das Risiko, weil er wußte, daß er im Begriff stand, ein solches einzugehen. Aber da Tims Auffassungsgabe ziemlich vernebelt schien, konnte Justus der Versuchung nicht widerstehen. ». . . Kommunikationsgeschichte«, sagte er. »Ich studiere die Geschichte des Fernsehens. Alte Fernsehserien. Eine meiner Lieblingssendungen ist *Der Millionär.*«

»Nie gehört«, sagte Tim.

»Mit so einem Typ namens Michael Anthony?« Justus ließ Tims Gesicht nicht aus den Augen – und wurde nicht enttäuscht.

»Eine Serie mit Michael Anthony? In echt?« sagte Tim lachend. »Mann, ich wette, daß die von der Glückslotterie gesponsert war.« Tim mußte so lachen, daß er beinahe das Gleichgewicht verlor.

»Den Witz kapier' ich nicht«, sagte Justus. Er war nah dran, das spürte er. Noch ein kleiner Anstoß, und Tim würde auspacken.

In dem Moment stieß Cory Brand zu ihnen.

»Hey, Cory, hör dir den Witz an. Gute Geschichte«, sagte Tim. »Es gibt 'ne Fernsehserie mit einem Typ, der Michael Anthony heißt. Und ich hab' gesagt, die war bestimmt von der Glückslotterie gesponsert. Du verstehst schon, oder? Justus steht nämlich auf der Leitung. Blickt's überhaupt nicht.«

Cory lachte keineswegs. Sein Gesicht wurde sogar auf einen Schlag ernst. »Komm schon, Tim«, sagte er und zog den Koloß mit sich fort. »Du hast zuviel getankt, du brauchst frische Luft.«

»Ich hab's auch nicht kapiert«, sagte Sarah.

»Muß wohl ein Insiderwitz sein«, sagte Justus, während der Beweis, den er schon fast gesichert glaubte, entschwand.

»Telefon für Peter Shaw!« rief jemand. »Hey! Peter Shaw! Ist der hier?«

Justus sah, daß sich Peter zu dem Typ am Telefon durchkämpfte.

»Also, Justus, was ist, tanzt du mit mir?« hörte er Sarah sagen.

»Hmm?« machte er. Er war plötzlich hin- und hergerissen. Seine eine Hälfte wünschte sich nichts sehnlicher, als mit Sarah zu tanzen. Dafür hätte er alles gemacht – sogar eine Viertels-Diät, wenn nötig. Aber seine andere Hälfte beobachtete, wie Peter zum Telefon ging. Wer konnte ihn anrufen – *hier*?

Sarah bemerkte den abwesenden Blick in Justus' Augen und sagte: »Na, das sieht ja wohl nicht danach aus.« Ehe Justus sich besann, war sie verschwunden.

Kurz darauf kam Peter ins Wohnzimmer und winkte Justus zu sich her.

»Da kam gerade dieser Anruf«, sagte Peter. »Irgendwer hat mir gedroht. So nach dem Motto: ›Es kann gefährlich sein, in den Angelegenheiten von anderen rumzuschnüffeln‹.«

»Kam dir die Stimme bekannt vor?«

»Nein. Dann hat er noch gesagt, wenn ich wissen wolle, was er meint, solle ich aus dem Fenster schauen.«

Sie drängten sich eilig auf den Balkon durch. Als sie an

das Balkongeländer traten, wurden sie Augenzeugen einer riesigen, ohrenbetäubenden Explosion – sie kam von einem der geparkten Autos.

»Das darf doch nicht wahr sein!« rief Peter. *»Mein Porsche!«*

Verhörmethoden

Peter mußte zusehen, wie sich der Feuerball in dicken schwarzen Rauch auflöste. Teile des blauen Porsche fielen aus der Luft zur Erde. Die Passanten auf der Straße gingen in Deckung.

Wie durch ein Wunder war keiner verletzt. Aber Justus hatte so stark Herzklopfen, als ob er gerade nur knapp mit dem Leben davongekommen wäre.

»Ruf die Polizei«, kommandierte er, vielleicht, um seine eigenen Nerven zu beruhigen, aber auch, um die benommene Erstarrung seines Freundes zu beenden. »Ruf die Polizei, Peter!«

Aber Peter bewegte sich nicht. Und die Leute in Cory Brands Wohnung stürzten jetzt auf den Balkon, um zu sehen, was da so geknallt hatte.

Justus drängte sich selbst durch die Gäste, um die Polizei zu rufen. Da Corys Wohnung zu Rocky Beach gehörte, wußte er die Nummer auswendig. Wie oft hatte er schon angerufen, um die Polizei in einem der Fälle um Hilfe zu bitten? Zigmal. Aber noch *nie* hatte er eine Autobombe melden müssen – zumindest keine in einem von Peters Autos! Kaum daß er aufgehängt hatte, eilte er zu Peter zurück.

Peter starrte immer noch nach unten. Seine Hände hatten das Balkongitter umklammert. Die Feuerwehr war eingetroffen, die Feuerwehrleute liefen hin und her, schlossen Schläuche an und löschten mit Schaum. Justus wurde ganz anders zumute, als er sah, wie lange das Wrack brannte und wie schwer sich die Flammen löschen ließen.

Jetzt klingelte es an der Tür, und Justus erkannte einen der Polizisten von Rocky Beach.

»Hey – wir haben doch überhaupt keinen Lärm gemacht«, protestierte Cory, kaum daß der Polizist die Wohnung betreten hatte. Aber der überblickte nur rasch das Partytreiben und fragte: »Wer hat die Autoexplosion gemeldet?«

»Ich«, sagte Justus. Er übertönte das allgemeine Gemurmel der Gäste und trat vom Balkon in das Wohnzimmer.

»Ich hätte da ein paar Fragen«, sagte der Beamte und nickte in Richtung Wohnungstür, um allein mit Justus reden zu können.

Justus stieß Peter an, der immer noch wie versteinert schien, und brachte ihn dazu, mitzukommen.

»Ich bin Justus Jonas, und das hier ist mein Freund Peter

Shaw. Das war sein Auto, das gerade in die Luft geflogen ist«, berichtete Justus, und beim letzten Teil des Satzes zitterte seine Stimme tatsächlich vor Bewegung.

»Hast du den Wagen angemeldet?« wollte der Polizist von Peter wissen.

»Also, nein . . .« Peter sah Justus hilfesuchend an. Aber bevor Justus irgendwas erklären konnte, hatte der Beamte zwei Paar Handschellen vom Gürtel losgemacht.

»Streckt die Hände aus, Jungs«, kommandierte er.

»Wieso? Halt mal, einen Augenblick. Justus kann alles erklären!« protestierte Peter.

Der Polizist griff schnell zu, und schon war Justus in Handschellen.

»Warten Sie – au! – was machen Sie da? Das ist doch absurd«, stotterte Justus. »Wissen Sie eigentlich, wen Sie vor sich haben?«

»Na klar – einen der drei ??? –?« meinte der Polizist spöttisch.

Justus richtete sich zu seiner vollen Höhe auf.

»Ich bin ein persönlicher Freund von Chefinspektor Reynolds«, sagte er, wobei er versuchte, Haltung zu bewahren. »So verfährt man also mit Bürgern, die einen Vorfall melden!«

»So verfährt man mit verdächtigen Personen«, sagte der Beamte, und ohne langes Fackeln legte er auch Peter Handschellen an.

Verdächtige? dachte Justus. Verdächtige? »Einfach lächerlich. Wir haben das Auto doch nicht hochgehen lassen! Das müßten Sie erst mal beweisen«, sagte er.

»Ich nehme euch wegen Verdacht auf Autodiebstahl fest«, sagte der Beamte. »Alles weitere auf der Wache.«

Dort wurden ihnen die Handschellen endlich wieder abgenommen. Die beiden Freunde warteten auf einer harten Holzbank vor Chefinspektor Reynolds' Tür.

Peter sah zu Boden und rutschte unruhig hin und her. Alles war wie ein Alptraum. »Es hätte uns auch erwischen können«, sagte er.

»Ich weiß«, sagte Justus, und ihm wurde wieder ganz schlecht. »Ich glaub' zwar nicht, daß das beabsichtigt war, aber wir hätten zufällig draufgehen können. Offensichtlich waren wir nicht vorsichtig genug. Jemand hat gewußt, daß wir auf die Party gehen.«

»Aber wenn sie uns nicht umlegen wollten, warum haben sie dann das Auto in die Luft gehen lassen?«

»Sie wollten uns Angst einjagen«, sagte Justus. »Wir sind wohl auf einer heißen Spur – einer zu heißen.«

In dem Moment öffnete sich die Tür zu Chefinspektor Reynolds' Büro.

Inspektor Klimt, der die beiden geschnappt hatte, bedeutete ihnen einzutreten.

»Hallo, Chef«, sagte Justus sofort.

»Justus, Peter«, sagte der massige Mann hinter dem Schreibtisch. Er war halb verdeckt von einem Berg unordentlicher Akten, Papiere und Schriftstücke.

»Chef«, sagte Justus, als ob er mit einem alten Freund redete. Was er natürlich auch war. Der Chefinspektor von Rocky Beach hatte den drei ??? schon oft geholfen. Und umgekehrt. Bob drückte es gern so aus: die Kollegen von der Polizei ... Deshalb war Justus auch so bestürzt, daß sie diesmal wie gewöhnliche Diebe behandelt wurden. »Wieso mußten es Handschellen sein?«

»Justus«, sagte der Chefinspektor mit überraschend unfreundlicher Stimme, »ausnahmsweise stell' ich heute mal die Fragen.« Doch dann lachte er freundlich. »Tja, Peter – was für ein Auto.«

Es schien so, als wollte er das Thema wechseln. Aber Justus kannte Chefinspektor Reynolds zu gut. Und er kannte seine Verhörmethoden. Den Verdächtigen erst mal in Sicherheit wiegen. Über was Allgemeines reden, sein Vertrauen erschleichen – dann eine Falle stellen. Aber warum benutzte er diese Methode bei ihnen beiden?

»Kann man wohl sagen«, nickte Peter. »Und Sie sollten lieber nach dem Spaßvogel suchen, der es hochgejagt hat.«

»Peter«, fauchte der Chefinspektor, »mach mir keine Vorschriften. Ich weiß, was ich zu tun hab'. Jetzt mal zur Sache. Seit wann hattest du das Auto?«

»Seit Freitag«, antwortete Justus, da Peter an den Nägeln kaute.

»Und wie seid ihr dazu gekommen?«

»Ein Mann hat's mir gegeben«, war Peters Antwort.

Chefinspektor Reynolds zog die Luft ein und verschränkte die Arme. »Die Antwort gefällt mir ganz und gar nicht«, sagte er. Dann stützte er die Ellbogen auf den Schreibtisch und lehnte sich vor. »Noch mal.«

»Was wollen Sie hören?« fragte Peter. »Daß es mir nachgefahren ist? Was ich gesagt hab', stimmt.«

»Na gut, Peter. Ich kenne euch ja schon lange und

nehme an, daß ich euch glauben kann. Aber die Wahrheit hat immer zwei Seiten. Und in diesem Fall ist die zweite, daß der Wagen heute nachmittag als gestohlen gemeldet worden ist.«

»Gestohlen?« sagte Peter.

»Von wem?« fragte Justus.

»Von seinem Besitzer. Barry Norman«, sagte der Chefinspektor.

»Barry Norman, aber das ist doch –« begann Peter. Justus fiel ihm laut ins Wort.

»Peter, ich glaube, wir müssen Chefinspektor Reynolds jetzt informieren, daß wir an einem Fall arbeiten und daß das Auto damit zu tun hat. Und daß wir unseren Klienten nicht preisgeben dürfen, okay?«

»Was? Ja, klar, okay«, sagte Peter.

»Was für ein Fall?« fragte Chefinspektor Reynolds.

Justus schüttelte den Kopf. »Das kann ich Ihnen nicht sagen. Wir haben unserem Klienten versprochen, daß wir seine Interessen wahren und nichts nach außen dringen lassen.«

Der Chefinspektor warf die Hände in die Luft.

»Wenn ihr mich im Dunkeln laßt, muß ich mich an die Regeln des Gesetzbuches halten«, sagte er.

»Wir auch«, sagte Justus.

Sie starrten sich eine dahinkriechende, ungemütliche Minute lang an. Der Chefinspektor war offensichtlich aufgebracht.

»Führen Sie Norman herein«, sagte er schließlich zu Inspektor Klimt.

Als sich die Tür wieder öffnete, trat Barry Norman ein. Kaum hatten sie einen Blick auf ihn geworfen, schnappten Peter und Justus nach Luft. Norman war Michael Anthony! Er trug einen offiziellen Anzug, aber sein Hemdkragen war offen und die Krawatte gelockert. Seine Sonnenbrille hing an einem roten Band um seinen Hals. Alles an Barry Norman – alias Michael Anthony – war kühl und gelassen. Aber er starrte Peter und Justus mit einem Blick an, der ihre Augenhöhlen praktisch durchbohrte. Dann blinzelte er kurz, und nun war sein Blick, als ob er sie noch nie im Leben gesehen hätte.

»Mr. Norman«, sagte Chefinspektor Reynolds, »das sind die beiden jungen Männer, die gemeldet haben, daß ihr Auto in die Luft geflogen ist. Ich kann für ihre Integrität einstehen, ich kenne sie schon seit ihrer Kindheit. Sie haben erzählt, daß sie Ihren Porsche seit Freitag fahren, als sie ihn von jemand bekamen.«

»Das ist schon möglich«, sagte Barry Norman ungerührt. »Mein Wagen kann schon am Freitag gestohlen worden sein. Ich war auf Geschäftsreise. Möglich, daß der Dieb, wer er auch war, beschloß, ihn zu verschenken – was ich mir allerdings nur schwer vorstellen kann.«

»Haben Sie diese jungen Männer schon mal gesehen?«

Barry Norman schüttelte langsam den Kopf.

»Und du, Justus, willst mir also nicht sagen, wer euer Klient ist?«

Justus ließ die verschiedenen Möglichkeiten wie ein Hochgeschwindigkeits-Computer in seinem Kopf abspulen. Er konnte sehen, daß Barry Norman dasselbe tat.

Die einfachste Möglichkeit, entschied Justus, war, daß Barry Norman nur ein kleiner Fisch war. Wie er selbst ja zugegeben hatte, arbeitete er für einen anderen, der anonym bleiben wollte. Aber für wen? Wenn Justus die Karten in diesem Fall auf den Tisch legen und Chefinspektor Reynolds davon erzählen würde, dann stand zu befürchten, daß sich der Mann, der hinter der gesamten Geschichte steht, still und heimlich aus dem Spiel stehlen würde.

»Im Moment können wir Ihnen nichts sagen«, entschied Justus.

»Klient? Sind diese Jungs Detektive oder so was?« fragte Barry Norman, wobei er versuchte, völlig unbeteiligt zu klingen.

»Sogar verdammt gute«, bestätigte der Chefinspektor.

»Überrascht?« fragte Peter.

Norman zuckte die Achseln. »Die Welt ist voller Überraschungen«, sagte er. »Mal macht man einen Fang, dann fliegt ein Auto in die Luft.«

»Wollen Sie nun Anzeige erstatten oder nicht, Mr. Norman?« fragte der Chefinspektor.

»Nein«, sagte Barry Norman. »Ich glaube, Sie haben recht, Chefinspektor Reynolds. Diese Jungs haben mein Auto nicht in die Luft gesprengt. Ich muß mir jetzt eben was für die Versicherung ausdenken.«

»Ich halte Sie auf dem laufenden«, sagte Reynolds.

Norman verließ das Büro. Nachdem er gegangen war, lehnte sich der Chefinspektor in seinem Sessel zurück. »Ich sollte euch Jungs zwingen auszupacken«, sagte er.

»Sie würden nur die halbe Geschichte zu hören kriegen, Chef«, sagte Justus. »Das Ende haben wir noch nicht geschrieben.«

»Justus«, sagte der Chefinspektor, »ihr solltet lieber vorsichtig sein. Sehr vorsichtig. Wer einen 45 000-Dollar-Wagen in die Luft fliegen läßt, ist nicht auf ein Happy-End aus!«

Körperfoul

Michael Anthony war Barry Norman! Peter konnte es immer noch nicht ganz fassen. Und inzwischen, am Mittwoch abend, vierundzwanzig Stunden später, war der Fall keineswegs klarer geworden. Aber in einem stimmte er mit Justus überein: Barry Norman war gefährlich – man hielt sich besser ein paar Tage vor ihm verborgen. Er sollte denken, daß sie aufgegeben hätten. Vielleicht würde er dann unvorsichtig, und sie würden auf einen Hinweis stoßen.

Peter saß auf der hintersten Bank im Schulbus der Rocky Beach High School und hing seinen Gedanken nach. Mal versuchte er, die einzelnen Teile ihres Falles zusammenzufügen, mal konzentrierte er sich auf das bevorstehende Basketballspiel. Er hatte die Füße auf die

Bank gelegt, und sein Kopf schlug bei jedem Rucken des Busses an die Scheibe.

Die restlichen Spieler des Rocky Beach Teams saßen im vorderen Teil. Sie unterhielten sich und lachten und versuchten, die Nervosität vor dem Spiel an diesem Abend abzuschütteln. Aber sie ließen Peter in Ruhe, weil er das so wollte.

Jeder im Bus hatte mehr oder weniger von der Geschichte mit Peters Porsche gehört. Alle hatten tausend Fragen, aber sie stellten sie nicht.

Peter atmete tief und versuchte, sich ganz zu entspannen, damit er für das Spiel gelockert war. Komisch, mitten in den Winterferien zu spielen. Aber der Spielplan ließ sich nicht anders einrichten, und Peter hatte auch nichts dagegen. Er war sogar ganz froh, dem Fall zu entkommen, dem Fall mit seinen mörderischen Schlägertypen und verrückten Anrufen und explodierenden Autos.

Die meinen alle, daß ich so sauer bin, weil der Porsche futsch ist, dachte Peter.

Aber das machte ihm viel weniger aus als die Zurechtweisung von Chefinspektor Reynolds. Und seine Warnung. Die Warnung machte ihm echt Angst. Der Chefinspektor hatte nämlich recht. Dieser Fall war plötzlich gefährlich geworden. Richtig gefährlich.

Darum saß er jetzt hinten im Bus und machte Atemübungen. Er versuchte, die Angst zu überwinden.

Endlich fuhr der Bus auf den Parkplatz der Wolfford High School. Als das Team in die Gästekabinen ging, nahm Trainer Tong Peter beiseite. »Geht es, Peter?

Kannst du überhaupt spielen?« fragte er. »Und keine unüberlegte Antwort. Für die vier anderen Spieler aus deinem Team ist es jetzt wichtig, daß du unbedingt ehrlich bist.«

»Doch, ich bin total fit«, sagte Peter.

Trainer Tong lächelte kurz. »Das wollte ich nur hören«, sagte er. »Dann zieh dich mal um.«

Die Umkleidekabinen waren die typischen Besucherkabinen – eng, düster und entweder zu heiß oder zu kalt, je nachdem, was die Besucher mehr fertig machen konnte. Peter setzte sich auf eine hölzerne Bank, die dringend mal abgeschmirgelt werden mußte, und öffnete die Tür eines zerbeulten alten Spindes.

Sein Herz begann plötzlich laut zu schlagen, *bumm, bumm, bumm,* wie ein harter Basketball auf einem neuen Hallenboden. Auf dem rostigen Boden des Schrankes lag ein Briefumschlag. Schon wieder ein Briefumschlag!

Einen Augenblick lang hatte Peter das Bedürfnis, die Tür zuzuschlagen. Aber das tat er nicht. Er nahm den Umschlag heraus, öffnete ihn, entnahm die Nachricht und entfaltete sie. Er zwang sich zu lesen: »Laß die Finger von dem Shoremont-Fall. Er geht dich nichts an. Sonst wird es dir ECHT SCHLECHT gehen – wie heute abend. Und dann kannst du nie mehr Basketball spielen.«

Peters Puls raste, und er rang nach Atem. Er trat die Schranktür zu. »Wer hat das in meinen Schrank gelegt?« rief er. Sofort sahen alle auf. »Na los, wer war es?«

»Hey, Peter, was ist denn los?« fragte Bill Konkey. »Ich war das.«

Peter stürmte auf ihn zu und stand drohend vor ihm. »Warum?« fragte er.

»So ein Typ draußen hat ihn mir gegeben und gesagt, er sei von Kelly. Ich weiß doch, daß du immer die Schranknummer nimmst, die zu deiner Trikot-Nummer paßt, deshalb hab' ich ihn da rein gelegt. Was ist los?«

Peter fröstelte. Er sah den Brief noch mal an. War es wieder dieselbe Schrift? War er von Michael Anthony? Konnte der überhaupt von Kelly wissen?

Trainer Tong schaute in den Umkleideraum. »Wo bleibt ihr denn? Wartet ihr auf eine Einladung? Ihr seid zum Spielen hier!«

Peter warf den Brief in den Schrank und zog sich schnell für das Match um.

Ein paar Augenblicke später lief das Rocky Beach-Team auf das Spielfeld. Eine tosende Geräuschkulisse schlug ihnen aus der Halle entgegen: Zurufe für das Wolfford-Team, die Wolfford-Band, die ihre Kampflieder in dreifacher Geschwindigkeit durchspielte, vereinzelte Buhs für die einlaufenden Spieler aus Rocky Beach und die Stimme des Ansagers, der sich aufwärmte und die Lautsprecheranlage testete. Und bei all dem versuchte ein kleines Reisegrüppchen der Rocky Beach Band, auch noch gehört zu werden.

Diese Geräuschkulisse brachte Peter normalerweise immer auf Touren und stimmte ihn auf Wettkampf ein. Aber heute bekam er es nur noch mehr mit der Angst zu tun. Eigentlich sollte er jetzt, in dieser Situation, den Fall total hinter sich lassen, sich entspannen und einfach spielen. Aber wie war das möglich? Irgend jemand hier draußen war hinter ihm her. Wer mochte es sein?

Peter warf einen Blick in die Zuschauerreihen. Nur unbekannte Gesichter. Der Lärm in der Halle schien jede Minute lauter zu werden, aber Peter hörte nur eines: Sonst wird es dir ECHT SCHLECHT gehen – wie heute abend. Diese Worte gingen ihm nicht aus dem Kopf.

Na gut, dachte Peter entschlossen. Dann sollen sie es doch versuchen. Aber ich schlag' zurück!

Nun lief das Wolfford-Team auf das Spielfeld, und dann begann das Spiel.

Das Wolfford-Team bestand aus Riesen. Jeder der Spieler war größer als Peter. Sie kontrollierten den Sturm und bewegten sich rasch auf den Korb der Gäste zu. Aber sie waren keine guten Werfer. Fehlwurf. Und noch mal daneben.

Das Rocky Beach-Team nahm ihnen den Ball ab. Ein langer Paß von Valdez zu Bill Konkey brachte den Ball ins Mittelfeld. Konkey wollte auf Peter spielen, aber ein riesiger Spieler namens Traut deckte ihn ständig. Traut hielt Peter mit angewinkelten Armen ab und stieß ihn zur Seite.

Peter täuschte eine Bewegung in eine Richtung und umlief Traut dann in die andere Richtung. Konkey sah, daß er frei stand, und warf ihm den Ball zu. Aber Peter stürzte plötzlich, schlug sich den Ellbogen an und fiel unsanft auf die Hand. Der Ball flog über die Spielfeldbegrenzung. Einwurf für Wolfford.

Peter kochte vor Wut. Traut hatte ihn stolpern lassen,

aber keiner hatte es bemerkt. »Paß bloß auf«, zischte er Traut zu.

»Ich paß' auf *dich* auf«, sagte der große Spieler.

Im Verlauf des Spiels passierten immer mehr derartige Unfälle. Und es wurde Peter klar, daß Traut der Kerl war, der ihm was antun sollte. Er versuchte, Traut aus dem Weg zu gehen, aber er mußte spielen – und Traut war eindeutig hinter ihm her.

Erst bekam er einen Ellbogen ins Auge und mußte ein paar Minuten auf die Bank, mit einem Eisbeutel auf dem Gesicht. Als er wieder aufs Spielfeld kam, wurde er mit einer blitzschnellen hinterhältigen Bewegung vom Platz geschleudert. Er landete mit blutender Stirn auf dem Schoß eines Zuschauers, nachdem er sich den Kopf an der Tribüne angeschlagen hatte.

Neun der Spieler wollten Basketball spielen, aber Traut wollte nur eins: Peter vernichten.

Peter wurde so wütend, daß er um so härter spielte, sich bewegte, Haken schlug, Täuschungsmanöver vollbrachte und dann unglaubliche Würfe machte, wenn er in die Höhe sprang. Rocky Beach lag vorne, aber nur knapp.

Tapp, tapp, tapp. Traut drippelte über den Mittelstreifen. Peter nahm ihn aufs Korn, bewachte ihn, bewegte sich mit ihm und blockierte ihn so, daß er für einen Wurf nicht nahe genug kam.

»Du riskierst viel. Paß auf«, sagte Traut, »es kommt noch schlimmer.«

Ich paß' auf, wart nur, dachte Peter. »Hoiii!« rief er,

so laut er konnte. Das lenkte Traut lange genug ab, damit Peter den Ball abfangen konnte. Er schnappte ihn und feuerte einen Schuß auf Konkey, der verwandeln konnte. Aber sobald Schiedsrichter und Linienrichter nicht schauten, stieß Traut Peter den Ellbogen ins Kreuz, genauer gesagt, in die Nieren.

Der Schmerz durchfuhr Peter wie ein elektrischer Schlag. Trotzdem, er würde sich nichts anmerken lassen – gar nichts. »Mach's noch mal, Sam«, sagte er mit einem wütenden Blick auf Traut.

Der Ball prallte auf und landete in Trauts Händen, und ohne zu zögern, dribbelte er über das Feld und sprang in die Höhe.

Der Ball ging in den Korb, und mit einem Grunzen sagte Traut: »Bitteschön – Sam.«

Das Spiel blieb hart und rauh. Der Spielstand war jetzt 48 beide, und die letzten fünf Minuten brachen an. Traut machte einen Wurf, der Peter am Hinterkopf traf. Für die anderen sah es einfach wie ein schlechter Paß aus. Aber Peter wußte, daß es ein Direktangriff gewesen war, noch ein Denkzettel von Michael Anthony – oder sonst jemand –, den Fall sausen zu lassen.

Als noch knapp eine Minute zu spielen war, rief Trainer Tong eine Auszeit, die letzte für sein Team. »Auf die Bank, Peter.«

»Kommt nicht in Frage«, sagte Peter. »Dieser Traut ist den ganzen Abend hinter mir her. Er will mir an den Kragen. Das kann ich mir nicht bieten lassen.«

»Ich finde, das war ein guter, aggressiver Spieler, kein

Schläger«, sagte der Trainer. »Wenn du so was persönlich nimmst, fliegst du.«

Peter nickte und kauerte sich zusammen.

»Also los, wir haben zwei Punkte Vorsprung«, sagte Trainer Tong. »Jetzt – Druckverteidigung, keine billigen Fouls und keine Bälle vergeben.«

Das Team klatschte sich gegenseitig in die Hände und lief wieder aufs Spielfeld.

Aber sobald das Spiel wieder lief, wurde Peter nur allzu klar, daß Wolfford nicht bereit war, sich hinzulegen und scheintot zu stellen. Wolfford schlug den Ball in die Gegenhälfte und punktete wieder zum Unentschieden. Dann schnappten sie sich den Ball auch noch zurück und konnten ihn halten. Sie versuchten, Zeit zu schinden und noch mal zu punkten.

»Keine Panik! Keine Panik!« rief Bill Konkey dem Team zu. In den letzten Spielsekunden kam ein Wurf von einem der Wolfford-Spieler, verfehlte jedoch den Korb. Konkey fing ihn auf und warf zu Peter.

Die Zuschauer drehten durch und schrien den Countdown mit. Die Zeit war fast um. »Drei ... zwei ...«

Peter dribbelte, hatte aber keine Zeit mehr, abzugeben. Deshalb machte er einen verzweifelten Satz. Er sprang in die Luft und warf den Ball, so hart er konnte.

Und zu seiner größten Verblüffung sprang der Ball an die Tafel und – weiß der Teufel, wie – in den Korb! Der Abpfiff kam, bevor die Spieler richtig kapiert hatten, was los war. Peter hatte das Match entschieden, durch einen unglaublichen Wurf aus der gegnerischen Spielhälfte heraus.

Seine Mitspieler stürmten auf ihn zu, klopften ihm auf den Rücken, hoben ihn hoch und trugen ihn in die Kabine. Das Wolfford-Team stand noch immer wie vom Donner gerührt da. Peter wollte Traut stellen, ihm Auge in Auge gegenüberstehen. Aber sie trugen ihn zu schnell davon.

Die Siegesfeier würde wohl die ganze Nacht dauern, aber Peter hatte wirklich keine Lust darauf. Er wollte nur rasch duschen und dann nach Traut suchen. Also wartete er auf dem dunklen Parkplatz vor der Sporthalle.

»Hallo«, sagte er, als Traut erschien. Einen Augenblick lang wirkte Traut erstaunt.

»Was steckt hinter dieser Geschichte?« fragte Peter. »Wer hat dich aufgehetzt?«

Traut schwieg und starrte Peter böse an.

»Komm schon, Kumpel. Hier gibt's keine Schiedsrichter und keine Strafzeit. Ich würde dir gut raten, mir zu sagen, was da drin los war, sonst kannst du gleich mal die wahre Bedeutung von ›Körperfoul‹ kennenlernen!«

»Zieh Leine«, sagte Traut. Er stieß Peter in die geparkten Autos und versuchte vorbeizukommen. Peter sprang zurück und schubste Traut. Der faßte sich schnell und holte zu einem Schlag aus, der Peter in den Bauch traf.

Peter mußte kurz nach Luft schnappen. Der Hieb hatte ihm den Atem verschlagen. Aber wirklich nur ganz kurz. Dann legte er los. Mit einem Kampfschrei ging er auf Traut los und legte ihn mit einem Karate-Tritt auf den

Rücken. Traut versuchte, sich zu wehren, und trat wie ein kleiner Junge um sich. Peter faßte ihn an den Fußgelenken, zog ihn zu sich hin und warf ihn dann mit elegantem Schwung über seine linke Schulter.

Es geht doch nichts über Karate, dachte er, als er Traut so am Boden liegen sah. Trotz seines kraftmeierischen Gehabes während des Spiels und jetzt war er den Karatekünsten, die Peter im Lauf der Jahre entwickelt hatte, unterlegen. Das hatte er inzwischen auch kapiert, denn er blieb einfach liegen, obwohl er nicht wirklich verletzt war.

»Okay«, sagte Peter, »raus mit der Sprache. Wer hat dir gesagt, daß du dir mich vornehmen sollst? Mach schon, du Schleimer! Wer war's?«

»Keine Ahnung«, sagte Traut unsicher.

Peter packte Traut am Kragen und zerrte ihn hoch. »Wer war's?«

»Ich weiß es echt nicht, ich schwör's. Der Typ hat mir seinen Namen nicht gesagt. Wenigstens nicht seinen richtigen«, beteuerte Traut. »Er hat mir zweihundert Kröten gegeben, damit ich dich bei dem Spiel in die Mangel nehm'. Und einen Brief sollte ich weitergeben. Hab' ihn aber nicht gelesen.«

»Was soll das heißen, nicht sein richtiger Name?« fragte Peter und zerrte Traut wieder auf die Beine.

»Mann, eben einen erfundenen Namen. Hat er sogar selbst zugegeben«, erklärte Traut.

»Und zwar welchen?« fragte Peter.

»Michael Anthony.«

Die Falle

Ziemlich viel später am gleichen Abend saßen Justus, Bob und Peter in Hanks überfülltem Rund-um-die-Uhr-Schuppen »Night-Stop«, der zu den ausgefalleneren Treffs in Rocky Beach gehörte.

Zusammengekauert hockte Peter vor einer Limo und Hanks Nacht-Sandwich. Nach Mitternacht bekam man das Sandwich mit einem großen Glas Limo umsonst, aber es war mit den Resten, die vom Tag übrig waren, belegt. Diesmal handelte es sich um eine Mischung aus Hamburger und Thunfischsalat.

Beim Essen erzählte Peter den beiden anderen von dem Spiel gegen Wolfford, den bösartigen Attacken von Traut und dem Karatekampf auf dem Parkplatz. Und dann trank er seine große Limo in einem Zug aus.

»Total am Verdursten«, meinte er zu Justus.

»Ausgetrocknet«, erklärte Justus. »Du hast beim Schwitzen während des Spiels viel Flüssigkeit verloren. Ich weiß, wie das ist.«

»Ach so, ja, klar«, lachte Peter, »du hast ja heute abend wieder den Papagei in Shoremont gemacht. Irgendwas Neues?«

Justus schüttelte verdrossen den Kopf.

»Kannst du den Fall mal 'ne Weile vergessen?« sagte Bob. »Wir sind doch hier, um Peters Sieg zu feiern.«

»Das ist wirklich der letzte Schuppen«, bemerkte Peter

und sah sich bei Hank um. »Warum sind fast alle in Schwarz?«

»Weil Mittwoch ist, Peter«, erklärte Bob. »Eines von Hanks Lockangeboten: Schwarzer Mittwoch – zehn Prozent Rabatt.«

»Woher kennst du dich hier so gut aus?« fragte Peter.

»Ich war schon ein paarmal hier, wenn die Probeaufnahmen bis in die Nacht gegangen sind«, berichtete Bob. »Hab' rausgefunden, daß es der beste Ort ist, um auf die erste Ausgabe der Morgenzeitung zu warten. Hank garantiert einem, daß sie um zwei Uhr morgens da ist.«

»Meinst du echt, daß was über mich in der Zeitung ist?« fragte Peter.

»Mach dir nicht zu viel Hoffnungen«, warnte Justus gähnend, »das wäre wohl zu kühn.«

»Vergiß ihn«, sagte Bob. »Glaub mir, Peter, wenn der Siegeswurf auch nur halb so weit gewesen ist, wie du gesagt hast, kommt er in die Zeitung. So ein Superschuß!«

»Das wichtigste heute abend war doch der Brief in Peters Spind«, sagte Justus.

Bob und Peter stöhnten.

»Doch, der war so interessant, weil Barry Norman damit zu erkennen gibt, daß er uns noch immer abschrecken will«, sagte Justus. »Er hat gemerkt, daß wir ihn in der Schlinge haben.«

»Aber noch ziemlich locker«, sagte Peter, der gerade mit einem weiteren großen Glas Limo zurückkam. »Ich will ihn so schnell wie möglich festnageln.«

»Mit dem, was wir über ihn haben, dürfte das ein leichtes sein«, sagte Justus. »Aber Präsident Harper will, daß wir den Mann finden, der hinter Barry Norman steht. Und da haben wir bisher noch nichts.«

»Hey, was ist los mit dir?« fragte Bob.

Justus legte den Kopf auf den Tisch. »Ich bin den ganzen Abend in einem Papageienkostüm rumgehopst. Ich bin fertig. Ohne Schlaf kann ich keinen Fall lösen«, jammerte er. »Wir sollten nach Hause, nicht auf Zeitungen warten.«

»Brauchen wir nicht mehr«, sagte Bob und deutete auf die Tür. »Da sind sie.«

Bob stand auf und stellte sich schnell in die Schlange an der Kasse, um eine Zeitung zu kaufen. Er machte das so freiwillig, weil es zuweilen eine von Hanks Marotten war, die Leute alphabetisch anstehen zu lassen. Und da war Andrews eben der beste Name unter den dreien.

»Sag mal, Justus, möchtest du die andere Hälfte von deinem Sandwich nicht essen?« fragte Peter.

Justus schob ihm seinen Teller hin. »Manchmal hab' ich den Eindruck, daß du ohne meine Diät verhungern würdest!«

»Hey, Peter! Da ist nicht nur ein kurzer Bericht über dein Spiel«, sagte Bob und legte die aufgeschlagene Zeitung auf den Tisch. »Du hast eine Schlagzeile! ›Kühner Wurf brachte den Sieg‹.«

»Mann! Seht mal!« sagte Peter und riß die Zeitung an sich. »Da ist sogar ein Foto von mir!«

Das Foto im oberen Teil der Zeitung mußte von einem Fotografen aufgenommen worden sein, der ziemlich oben auf der Tribüne gestanden hatte. Es zeigte das gesamte Spielfeld. Peter stand in der hinteren Spielfeldhälfte. Alle starrten auf den Ball, der mitten in der Luft hing.

»Zum zweitenmal hintereinander«, las Peter aus dem Artikel vor, »hat Abwehrspieler Peter Shaw von Rocky Beach gezeigt, daß auch kleine Spieler große Spiele machen können. Diesmal traf der Wurf, der das Spiel entschied, den Korb in der letzten Sekunde aus dreizehn Meter Entfernung.« Peter drehte die Zeitung um und deutete auf das Bild. »Ziemlich cool, was? Hey, Justus, du schaust das falsche Bild an.«

Justus riß ihm die Zeitung aus der Hand, damit er das Bild unten auf der Seite studieren konnte. »Seht euch das an«, sagte er schließlich. »Erkennt ihr jemand?«

Peter faltete die Zeitungsseite zur Hälfte zusammen und sah sich das Foto am unteren Rand an. »Ist was über das Basketball-Team von Shoremont«, sagte Peter. »Und auf dem Bild sind ein paar Shoremont-Spieler, die während des Spiels auf der Bank sitzen.«

»Im Hintergrund«, bedeutete Justus ungeduldig.

Bob schaute Peter über die Schulter, aber der zog die Zeitung schnell weg. »Nicht helfen«, sagte er zu Bob. »Ich will selbst draufkommen.«

Er stützte die Ellbogen auf und starrte das Zeitungsbild genau an. Schließlich hob er erkennend die Augenbrauen. »Das ist doch die Frau, die mit Barry Norman in dem Club gegessen hat. Und sie sitzt neben John Hemingway Powers.«

»Genau«, sagte Justus. »Jetzt wissen wir also, daß sie sowohl Barry Norman wie auch John Hemingway Powers kennt. Das wäre doch eine interessante Möglichkeit: Wenn sie mit beiden Typen bekannt ist, dann kennen die sich vielleicht auch? Dann hätten wir einen neuen Verdächtigen, eine neue Spur und einen neuen Hinweis.«

Peter machte eine Grimasse. »Powers?«

»Schon gut, schon gut«, sagte Justus. »Zugegeben, das wäre auch ein kühner Wurf. Aber vielleicht haben wir deshalb keine Verbindung zwischen Barry Norman und Trainer Duggan gefunden. Vielleicht gibt es eben keine. Aber jetzt haben wir eine echte Verbindung zwischen Norman und Powers.«

Bob räusperte sich. »Einen Moment, Jungs. Kann ich vielleicht auch mal mitmachen? Her mit der Zeitung.« Peter reichte sie ihm, und er sah sich das Foto genau an. »Wie soll er heißen?«

»John Hemingway Powers«, sagte Justus. »Das ist der superreiche Ehemalige von Shoremont College, von dem wir dir vor ein paar Tagen erzählt haben.«

»Und das ist doch auch der, der euch praktisch Dampf gemacht hat, Duggan zu überführen?« fragte Bob.

»Du hättest ihn mal sehen sollen«, bestätigte Peter.

»Ich *hab'* ihn schon gesehen«, sagte Bob mit einem Grinsen.

»Echt? Wann? Wo?« fragte Justus.

»Ihr erinnert euch doch, daß wir uns letzte Woche in der Sportanlage von Shoremont getroffen haben. Ich bin eine Weile in Duggans Büro rumgelungert und hab' mit seiner Sekretärin gesprochen. Ich hab' euch ja erzählt, daß ständig Leute rein- und rausgingen. Und er war einer von ihnen. Wußte ja noch nicht, daß es wichtig war, und hab' nicht mehr dran gedacht.«

»Erzähl mal genau, was los war«, bat Justus.

»Er kam rein, ging schnurstracks in Duggans Privatbüro und schloß die Tür. Ich hab' Duggans Sekretärin dann gefragt, was eigentlich los sei, und sie hat gesagt, das mache er jede Woche – meistens donnerstags, wenn Duggan nicht da sei. Sie hat erzählt, daß er mit Duggans Computer die neuesten Daten zu den Spielen ausdrucken läßt. Es heißt, er sei ein *wirklicher* Fan – fanatisch begeistert von dem Team.«

»Powers kommt und benutzt Duggans Computer?« fragte Peter.

»Wenn der nicht da ist. Du sagst es«, bestätigte Bob. »Glaubt ihr auch, was ich glaube?«

Justus nickte. »Wenn Powers in Duggans Büro geht und sich die Spieldaten holt – was kann ihn dann davon abhalten, sich auch eine Kopie von dem Bericht über die Anwerbungen zu schnappen? Er liest den Bericht, sucht diejenigen, die Duggan ins Team holen will –«

»Und dann«, machte Peter weiter, »beauftragt er Barry Norman, alias Michael Anthony, das Bestechungsgeld an den Mann zu bringen.«

»Das würde auch erklären, wie Powers so schnell auf Peter gekommen ist«, fügte Justus hinzu. »Er wußte, daß Peter ganz oben auf der Liste stand, also hat er Michael Anthony mit dem ersten Umschlag losgeschickt. Wir haben geschlossen, daß er von Trainer Duggan kam, weil der am selben Abend mit Peter gesprochen hat.«

»Total falsch«, sagte Peter.

»Nicht ganz falsch, nur etwas voreilig«, sagte Justus und deutete auf die Zeitung. »Glaubt ihr, daß mir Hank ein halbes Glas von dem schwarz-weißen Milchshake verkauft?«

»Ich dachte, du bist todmüde«, bemerkte Peter.

»Stimmt. Ich brauch' den Shake zum Aufwachen. Es kann nämlich 'ne Weile dauern, bis ich euch meinen Plan verklickert hab', wie wir John Hemingway Powers kriegen.«

Der Plan war eigentlich einfach. Sie würden John Hemingway Powers eine Falle stellen, indem sie in Duggans neuesten Bericht zur Anwerbung einen Lockvogel einschmuggeln würden – in der Hoffnung, daß Powers darauf reinfiele. Und zum Glück war morgen Donnerstag, der Tag, an dem sich Powers gewöhnlich die Daten in Duggans Büro ansah. Also machten sich die drei ??? am nächsten Tag früh nach Shoremont College auf und nahmen sofort Trainer Duggans Büro ins Visier.

Justus und Peter versteckten sich in einem Geräteraum im Flur. Während sie durch einen Türschlitz spähten, steckte Bob den Kopf in das Büro. »Hallo! Kennen Sie mich noch?« sagte er und flirtete mit Trainer Duggans Sekretärin.

»Sagen Sie bloß nicht, Sie irren immer noch herum«, lachte sie.

»Nein – schon wieder«, antwortete Bob.

Gerne war die Blondine wieder bereit, Bob den Weg zu zeigen, aber diesmal konnte Bob sie überreden, ein Stück mitzugehen und damit das Büro unbeaufsichtigt zu lassen. Kaum waren sie um die Ecke, da schlichen Justus und Peter in das Privatbüro und machten sich über Trainer Duggans Computer her.

Es dauerte nur Sekunden, bis Justus ihn eingeschaltet und die Datei aufgerufen hatte.

»Ich bin jetzt in Trainer Duggans Anwerbe-Datei«, sagte er, während seine Finger über die Tastatur flogen. Als er seinen Text eingab, fing er plötzlich zu grinsen an.

»Was ist so komisch?« fragte Peter und wandte die Augen kurz von der Tür ab.

»Sag' ich dir nachher. Ich hab's gleich.« Justus war mit seiner Eingabe fertig und verließ die Datei. »Ich hab's eingegeben. Phase eins beendet. Nichts wie weg.«

Sie rannten in den Geräteraum zurück, versteckten sich wieder und hofften nur, daß Powers auch käme.

Zwei Stunden später kam er. Wie Bob berichtet hatte, ging er in Trainer Duggans Büro und kam ein paar Minuten später mit einem Computerausdruck zurück.

»Jetzt hat er unseren Köder«, sagte Justus. »Powers hat den Computer benutzt. Und Duggan war den ganzen Morgen nicht in seinem Büro. Das war Phase zwei. Jetzt kommt Phase drei. Viel Glück, Peter. Tut mir leid, daß ich nicht mitkommen kann. Zu riskant. Jemand könnte mich als den Papagei erkennen. Mach schnell – und sieh zu, daß du keine Zeugen hast.«

Peter trat aus dem Gerätekabuff, ein Clipboard in der

Hand und einen Bleistift hinter dem Ohr. Er überquerte den Flur.

»Kann ich irgendwie helfen?« fragte Duggans Sekretärin, die an ihrem Schreibtisch saß und eine kalorienarme Limo trank.

»Computer-Wartung«, sagte Peter, indem er mit dem Bleistift auf das Clipboard tippte. »Muß überprüft werden.«

»Der Trainer hat einen«, sagte sie. »Kommen Sie mit.«

»Nein. Ich meine, vielen Dank. Aber – äh – ich komm' schon zurecht.«

»Na gut«, sagte die junge Frau.

Peter betrat das hintere Büro und setzte sich vor den Computer. Im Nu war seine Stirn schweißbedeckt. Er konnte ein Auto in seine Einzelteile zerlegen und wieder zusammensetzen, ohne hinzugucken. Aber Computer, das war was anderes. Mit zittrigen Fingern betätigte er die Tastatur. Delete . . . delete . . . Er überprüfte die Anweisungen von Justus auf dem Clipboard zweimal.

Als er fertig war, verließ er das Privatbüro von Duggan, dankte der Sekretärin und marschierte hinaus. Ein schnelles, vorsichtiges Klopfen an der Tür des Geräteraumes, und Justus war bei ihm.

»Alles klar?«

Peter nickte. »Hab' alles wieder gelöscht, was du eingegeben hast.«

»Stark. Das war Phase drei. Jetzt müssen wir nur darauf warten, daß jemand versucht, Luke Braun zu kontaktieren – auch wenn es ihn gar nicht gibt!«

Volltreffer

»Los, erzähl mal alles von dem sagenhaften Luke Braun«, sagte Bob, als sie zurück nach Rocky Beach fuhren.

»Du meinst, alles, was ich für den Bericht erfunden habe?« sagte Justus. Er sah äußerst zufrieden mit sich aus. »Also, zunächst ist er natürlich ein absoluter Einser-Student.«

»Das ist einem Basketball-Trainer überaus wichtig«, sagte Bob und verdrehte die Augen.

»Mir ist das wichtig, und *ich* hab' ihn schließlich erfunden«, stichelte Justus. »Er ist zwei Meter fünf groß.«

»Hört sich schon besser an«, sagte Peter.

»Seine Korbbilanz ist bemerkenswert, er ist total beidhändig – das hielt ich für ein interessantes Merkmal –, und dann hab' ich ihn noch als schnell, schlank und beweglich beschrieben. Ich hab' noch vermerkt, daß Trainer Duggan ihn für den kommenden Superstar hält.«

»Wahnsinn!« sagte Peter. »Also, wenn ich Trainer wäre, würde ich das Kerlchen sofort anheuern.«

»Genau das hab' ich bezweckt. Powers soll so richtig nach ihm lechzen. Ich hab' noch dazugeschrieben, daß sich Luke heute entscheidet, an welches College er geht. Übrigens hab' ich dem armen Kerl, den es ja gar nicht gibt, deine Telefonnummer und Adresse gegeben, Bob. Jetzt müssen wir nur noch warten, bis dein Telefon klingelt.«

Der erwartete Anruf kam schließlich am Nachmittag. Bob nahm ihn entgegen und deutete gleich auf den Hörer, um zu signalisieren, daß es der richtige war.

»Ja, Luke Braun am Apparat«, sagte er, nahm das Telefon auf und setzte sich damit seitwärts in einen großen Sessel. Das Grinsen auf Bobs Gesicht war ein Beweis für Justus, daß der Anruf nach Plan verlief. Zunächst zeigte Bob mal Interesse, mit Michael Anthony zu reden – aber dann fing er gleich an, die Falle zu stellen.

»Klar will ich mit Ihnen reden. Aber mir ist nicht so wohl dabei, Sie irgendwo zu treffen. Ich denke, der beste Treffpunkt für ein Gespräch ist hier bei uns, in Anwesenheit meiner Eltern. Mein Vater ist gerade arbeitslos, wir haben nicht viel Geld. Meine Eltern sind natürlich sehr drauf aus, ein College zu finden, das mithilft.«

Bob hörte eine Weile zu und streckte Peter und Justus dann den erhobenen Daumen hin. »Super«, sagte er und hängte auf, »voraussichtliche Ankunft: in einer Stunde.«

Als es eine Stunde später klingelte, öffnete Bob.

»Sie sind sicher Michael Anthony«, sagte er und riß die Tür auf. »Ich bin Luke.«

Barry Norman trat ein und setzte sich, aber er sah Bob mißtrauisch an. »In dem Bericht stand, daß du zwei Meter fünf bist.«

»Das kommt von diesen tollen Streckübungen vor jedem Spiel«, sagte Bob.

Aber die Antwort schien Barry Norman nicht besonders zu gefallen. Er rutschte in seinem Sessel hin und her. »Du *bist* doch Luke Braun?«

»Natürlich. Manche halten mich für den neuen Superstar«, sagte Bob. »Können wir gleich über Geld reden, Mr. Anthony? Heute nachmittag wollen nämlich noch drei andere Colleges kommen und über Schmiergeld reden.«

Barry Normans Gesicht blieb völlig ausdruckslos, während seine Augen durch das Zimmer glitten. »Ich geh' lieber wieder, Luke.«

Bob sprang auf, bevor Norman sich bewegen konnte. »Warten Sie!« sagte er. »Ich möcht' Sie noch meinen Eltern vorstellen, ehe Sie gehen. Sie möchten Sie wirklich gern begrüßen, weil sie mich doch zu dem gemacht haben, was ich heute bin. He, Jungs!«

Auf das Signal hin kamen Justus und Peter ins Zimmer. Es war ihnen ein Vergnügen, das Gesicht von Barry Norman, das schon ganz verwirrt war, erbleichen zu sehen.

»Guten Tag, Mr. Norman«, sagte Justus. »Was wir Ihnen in Chefinspektor Reynolds' Büro nicht gesagt haben, ist, daß wir *drei* Detektive sind. Das hier ist Bob Andrews, unser dritter Mann.« Justus konnte sein triumphierendes Lächeln nicht verbergen. »Außerdem bedanke ich mich, daß Sie gekommen sind, Mr. Norman, denn durch Ihr Auftauchen haben wir den Beweis, wer hinter der Schmiergeldaffäre von Shoremont College steckt.«

»Von wegen. Wenn ihr denkt, daß ich jemanden belasten werde, seid ihr ganz schön naiv.«

»Sie hatten bereits jemanden belastet, als Sie hier anriefen«, sagte Bob.

»Es ist nämlich so, Mr. Norman«, erklärte Justus, »daß Sie nur auf eine Weise von Luke Braun erfahren haben können und seine Telefonnummer bekommen konnten, und das ist über John Hemingway Powers. Weil es nämlich gar keinen Luke Braun gibt.«

Justus setzte sich einen halben Meter von Barry Norman entfernt auf eine Couch. Die beiden starrten sich lange an.

»Ihr bekommt von mir keinerlei Schuldgeständnisse, daß ihr es wißt«, sagte Norman schließlich. »Vielleicht habe ich für John Hemingway Powers gearbeitet, na und? Ich habe nicht illegal gehandelt, und John Hemingway Powers übrigens auch nicht.«

»Das kann schon sein«, sagte Justus. »Aber ich kann mir nicht vorstellen, daß es Ihrer Anwaltskanzlei guttut, wenn diese Machenschaften an die Presse gelangen. Wenn Sie andererseits bereit sind, mit uns zusammenzuarbeiten, ist Präsident Harper vielleicht einverstanden, daß Sie rausgehalten werden.«

Normans Ausdruck war hart wie Granit, seine Stimme eiskalt. »Ich sehe keinen Grund, ein Treffen mit Harper abzulehnen, falls ihr das wollt«, sagte er schließlich.

Justus strahlte wie ein Maikäfer, als sie in Bobs roten VW-Käfer einstiegen und zum Campus von Shoremont fuhren. Er hatte bereits mit Präsident Harper telefoniert und ihm gesagt, daß der Fall gelöst sei. Außerdem hatte er Harper gebeten, Trainer Duggan in sein Büro zu holen und auch John Hemingway Powers einzuladen. Nun waren die drei ??? auf dem Weg nach Shoremont. Barry Norman folgte ihnen in seinem Wagen.

Als sie in Harpers Büro eintrafen, waren Trainer Duggan und Powers bereits da. Der Präsident des College begrüßte die drei ??? und schüttelte jedem die Hand, aber Justus nahm kaum Notiz von ihm. Er war ganz damit beschäftigt, die Reaktion von John Hemingway Powers zu beobachten, als Barry Norman hinter den drei Jungen das Büro betrat. Überraschung, Wut, Angst, Verwirrung und Entschlossenheit zum Kampf, all das huschte über das Gesicht des Mannes. Dann faßte er die Detektive scharf ins Auge.

»Justus«, sagte der Präsident, »wir sind alle sehr gespannt, was ihr rausgefunden habt. Ihr drei müßt ja hervorragende Detektive sein, daß ihr den Fall in knapp zwei Wochen gelöst habt – und ich danke euch dafür. Nun also bitte, was ist rausgekommen?«

»Detektive? Irgendwie versteh' ich gar nichts mehr«, knurrte Trainer Duggan von seinem Platz am Fenster. »Ich seh' keine Detektive. Ich seh' nur unser College-Maskottchen und« – er zeigte auf Peter – »einen Schüler der High School.«

Justus trat in die Mitte des Raumes. »Die Sache ist, daß wir drei sowohl Detektive als auch Schüler der High School sind, Trainer Duggan«, erklärte er. »Die Rolle als Student von Shoremont war nur ein Trick.«

»Das werden Sie gleich verstehen, Trainer«, sagte Präsident Harper. »Also, Justus, leg los.«

Justus hatte es nicht eilig. John Hemingway Powers kam ihm wie eine Nuß vor, eine harte Nuß, deren Schale schwer zu knacken war – man mußte sie erst ein bißchen in die Zange nehmen. Wenn Powers dann genug auf die Folter gespannt war, würde er wahrscheinlich nachgeben.

»Der Fall war schwer zu lösen«, begann Justus. »Einiges war auch ganz einfach. Zum Beispiel, daß dieser Herr, Barry Norman, Peter Geld und einen Porsche angeboten hat, damit er für Shoremont College Basketball spielt.«

»Was?« rief der Trainer.

»Bitte unterbrechen Sie nicht, Duggan«, sagte Präsident Harper streng. »Sie können sich nachher rechtfertigen.«

Jeder im Raum konnte hören, daß Präsident Harper den Trainer als schuldig hinstellte. In den Mundwinkeln von Powers bildete sich ein winziges Lächeln.

»Ich fürchte, Sie sind zu dem falschen Schluß gekommen«, wandte sich Justus an den College-Präsidenten. »Wir sind inzwischen ganz sicher, daß Trainer Duggan in diesem Fall keinerlei Schuld trifft.«

»Und wer ist also der Schuldige?« Harper verlor allmählich die Geduld.

»Das werde ich Ihnen gleich sagen, aber lassen Sie mich bitte vorher Mr. Powers eine Frage stellen«, bat Justus. »Mr. Powers, wer ist Luke Braun?«

Powers sah Justus mißtrauisch an. »Wer Luke Braun ist?« wiederholte er.

»Ja«, sagte Justus. »Sie wissen doch, wer das ist, oder?«

Powers überlegte einen Moment, um zu finden, wo die Falle war. Aber er kam offensichtlich nicht dahinter.

»Soviel ich weiß, ist er ein Basketballspieler von der High School«, sagte er. »Ich habe seinen Namen in Trainer Duggans Talentbericht gesehen. Er soll verteufelt gut sein.«

Alle Blicke richteten sich auf den schweigenden, düsteren Trainer. »Luke Braun? Nie gehört«, sagte er.

Powers wurde unsicher. »Aber ich hab' doch Ihren Talentbericht gesehen«, beharrte er. »Darin haben Sie behauptet, daß er der kommende Superstar wird.«

»Nein«, unterbrach ihn Justus. »Das hab' *ich* behauptet. Sehen Sie, Mr. Powers, Luke Braun gibt es nicht. Ich hab' ihn erfunden und in Trainer Duggans Computer eingeschmuggelt, weil wir wußten, daß Sie den Bericht lesen. Und wir wußten auch, daß Sie Michael Anthony – Mr. Norman hier – zu ihm schicken würden. Kurz nachdem Sie wieder gegangen waren, haben wir die Eingabe wieder gelöscht, daher waren wir sicher, daß nur Sie den Bericht gelesen haben können.«

Powers sah auf einmal müde und alt aus.

»Stimmt das, Mr. Norman?« fragte Präsident Harper.

»Ich würde gerne zur Klärung beitragen«, sagte Barry Norman. »Aber erst brauche ich die Zusicherung, daß meine Rolle in dieser Geschichte vertraulich behandelt wird. Ich möchte einen Handel vorschlagen: meine Mitarbeit gegen das Versprechen, meinen Namen aus dem Medienrummel um diese Geschichte rauszuhalten.«

»Einverstanden«, sagte Präsident Harper, »wenn das Ihr Preis für Information ist, bin ich bereit zuzustimmen. Sagen Sie bitte, haben die drei ??? recht?«

Norman sah Powers direkt an und nickte. »Ja. John Hemingway Powers war mein Klient. Er steckt hinter dieser Bestechungsaffäre.«

»Also gut, es stimmt! Na und?« sagte Powers fast mit Stolz. »Zufälligerweise bin ich nicht der Ansicht, daß es gegen das Gesetz ist, jungen Männern eine Prämie anzubieten, damit sie auf dieses exzellente College gehen und in das Basketball-Team eintreten.«

Präsident Harper zog die Brauen zusammen und blickte finster. »John, was Sie da glauben, ist aber ganz und gar gegen die Ethik der Zulassungsgepflogenheiten unseres College.«

»Sie haben gut reden über Ethik«, sagte Powers. »Sie sind erst seit drei Jahren hier. Sie haben nicht hier studiert. Sie kennen die Tradition und Geschichte ja gar nicht. Sie haben die wunderbaren Jahre nicht miterlebt. Sie haben es nicht mit ansehen müssen, wie der Sport allmählich im Mittelmaß versank, haben nicht zusehen müssen, wie ein Talent nach dem anderen die großen Colleges bevorzugte, deren Sportveranstaltungen vom Fernsehen übertragen werden. Ich mußte irgend etwas unternehmen, um dem College wieder zu seinem alten Ruhm zu verhelfen – und ich wußte, daß *Sie* das nicht machen würden.«

»Und seit wann betreiben Sie das schon?« fragte Präsident Harper.

»Erst, seit Sie Duggan eingestellt haben«, erwiderte Powers. »Die Idee kam mir, als ich von den Gerüchten hörte, Duggan habe seine Spieler in Boston geschmiert. Ob ich das geglaubt habe? Es war mir egal. Ich dachte mir, wenn je was über die Zahlungen rauskäme, würde man Duggan verdächtigen.«

»Ach, deshalb haben Sie mir mehr Geld für Duggans Budget angeboten«, schloß Präsident Harper, »um ihn noch ein bißchen verdächtiger zu machen?«

»Das mußte ich, Chuck. Als diese Bengel anfingen, hinter Barry herzuschnüffeln und meine Spieler auszuquetschen, dachte ich, das gibt Ärger.« Powers warf einen bösen Blick auf Peter.

Peter wußte nicht, was er sagen sollte.

»Powers, Sie sind ein egozentrischer Mensch und eine Schande für den Sport«, fauchte Duggan.

»Wachen Sie auf, Duggan«, sagte Powers und schnippte wie ein Hypnotiseur mit den Fingern. »Superteams bekommt man mit Geld, nicht mit Training! Unser Team ist zum ersten Mal seit zehn Jahren im Endspiel. Und wir können gewinnen. Sie alle sollten mir dankbar sein.«

Präsident Harper sah so niedergeschlagen aus, daß Justus für einen Moment fast bereute, den Fall gelöst zu haben.

»Tja, Powers«, seufzte Harper, »damit ist es jetzt vorbei.«

»Darauf können Sie Gift nehmen«, stimmte Duggan mit ein. »Alle Ihre Schützlinge fliegen aus dem Team, das ist ja wohl klar.«

»Machen Sie sich nicht lächerlich«, sagte Powers. »Morgen ist das Endspiel. Niemand braucht was zu erfahren.«

»Wir haben möglicherweise das beste Team, das Sie kaufen konnten, John«, sagte Harper, »aber das entspricht nicht dem sportlichen Stil unseres Hauses. Und kommen Sie mir jetzt nicht damit, daß Sie uns dann die finanzielle Unterstützung entziehen, weil ich Ihr Geld nämlich nicht mehr annehmen würde. Das College kann ab sofort auf Ihre Dienste verzichten.«

Powers erhob sich und warf einen letzten Blick in die Runde. Dann marschierte er hinaus.

»Danke, Jungs«, sagte Präsident Harper und schenkte den drei ??? ein schwaches Lächeln, aber einen festen Händedruck. »Das College steht vor einer harten, unangenehmen Zeit. Aber wenigstens können wir stolz darauf sein, daß wir unsere Probleme aufdecken und selbst lösen, statt sie unter den Teppich zu kehren.«

VIP

»Na, ihr habt ja wohl echt Spaß gehabt, während ich beim Skifahren war«, stellte Kelly fest. »Aber jetzt rückt mal mit der Wahrheit raus, Jungs, das mit dem Porsche war doch wohl nicht in echt wahr, hab' ich recht?«

Peter griff fester in das Steuerrad der Arche. Nachdem

er den Cadillac vor einer Woche auf dem Aussichtsplatz zurückgelassen hatte, hatte die Polizei ihn abgeschleppt und in Verwahrung genommen. Peter hatte dafür soeben achtzig Dollar berappen müssen – das war schon ziemlich schmerzlich, nachdem er ja auch schon die viertausend Dollar Schmiergeld an Powers zurückgegeben hatte. Jetzt fuhren die Freunde in der Arche zum Basketball-Endspiel von Shoremont. »Kein Wort von dem Porsche, okay?« sagte Peter.

»Okay«, sagte Kelly und wartete ein paar Sekunden. »Aber erzähl doch wenigstens, warum ihn dieser Michael Anthony in die Luft gejagt hat.«

Peter stöhnte.

»John Powers hat ihn wahrscheinlich beauftragt, jemanden zu bezahlen, damit er ihn hochgehen läßt«, korrigierte Justus vom Rücksitz. »Es war ja eigentlich der Wagen von Powers.«

»Aber gleich in die Luft jagen?«

»Weil Barry Norman wußte, daß wir ihm auf den Fersen waren«, erklärte Justus. »Das war ein völlig überflüssiger Fehler von uns. Als wir Barry Norman verfolgt haben, dachten wir, daß wir genug Abstand hielten. Aber wenn man einen 45 000-Dollar-Schlitten fährt und damit den verfolgt, dem er gehört, muß man *noch mal soviel* Abstand halten. Wir waren einfach nicht vorsichtig genug. Nach unserem Treffen gestern ist Norman damit rausgerückt, daß er den Wagen auf dem Parkplatz des Clubs gesehen hat, als wir ihm nachfuhren. Deshalb hat er uns dann auch in die Irre geführt.«

»Echt?« staunte Peter. »Und *deshalb* ist er auch zum Costa Verde College gefahren, damit wir auch annehmen konnten, daß er für Bernie Mehl arbeitete. Wahrscheinlich hat er mich darum am Samstag nicht angerufen – als du mich den ganzen Tag zu Hause festgehalten hast, Justus!«

»Ich könnte wetten, daß er das Auto auch entdeckt hat, als ihr bei seinem Bürogebäude geparkt hattet«, warf Bob ein.

»Möglich«, seufzte Justus. »Ähnlicher Fehler, ähnliche Folgen. Darum ist er den ganzen Nachmittag nicht in sein Büro gegangen. Es kann sogar sein, daß *er* uns die ganze Zeit beobachtet hat, während wir auf *ihn* gewartet haben. Und gleichzeitig von seinem Autotelefon aus einen Bombenbastler mobilisiert hat. Natürlich würde Norman nie zugeben, daß er hinter der Explosion gesteckt hat. Aber ich bin mir ziemlich sicher, daß er uns zu der Party gefolgt ist. Dann hat so ein Feuerwerksfreak die Bombe gelegt, Peter auf der Party angerufen und die Bombe über Fernsteuerung gezündet. Raffinierte Einschüchterungstaktik, wenn ihr mich fragt.«

»Nicht ein bißchen zuviel des Guten?« meinte Bob.

»Au weia, kann man wohl sagen.« Justus schauderte.

»Mir gefällt das Romantische an diesem Fall so«, sagte Kelly.

»Das Romantische?« staunte Peter verwirrt.

»Also, die schöne junge Frau, die mit Barry Norman gespeist hat. Und dann stellt sich raus, daß es die Tochter von John Powers ist. Wie . . . wie im Kino!«

»Na ja, vielleicht wie eine Seifenoper«, meinte Justus.

»Laut Norman kann das noch böses Blut geben, wenn Powers rausfindet, daß er mit seiner Tochter aus war. Vor allem, da *sie* uns ja eigentlich auf die Spur gebracht hat.«

Peter fuhr in eine Parklücke im Shoremont College Parkhaus. Schnell lief er an die Beifahrertür und zerrte sie nach einem ersten vergeblichen Versuch für Kelly auf.

»Muß vielleicht nur ein bißchen Öl in die Scharniere«, meinte Bob wohlwollend.

»Genau, und zwar mit einem Vorschlaghammer«, jammerte Peter.

»Egal, Jungs, Hauptsache der Fall ist gelöst. Und wir können uns auf ein starkes Spiel freuen«, sagte Kelly und versuchte, das Thema zu wechseln. Sie scheuchte die Jungs in Richtung Shoremont Sporthalle.

Aber während sie sich durch die Menge zu ihren Sitzen auf der Tribüne durchdrängten, hechelten Bob und Justus noch immer die Einzelheiten des Falles durch.

»Das peinlichste kam ja dann gestern gegen Ende unseres Treffens in Harpers Büro«, mußte Justus eingestehen. »Ich sagte zu Duggan, daß Walt Klinglesmith einer der Typen auf der Liste sei. Da lag ich ganz schön falsch. Natürlich hat Walt einen Haufen Knete – und teure Füller – und kann damit aus gutem Grund um sich werfen: Seine Eltern haben eine Papierwarenkette.«

Bob lachte mitfühlend.

»Das wird ein komisches Spiel heute abend, das kann ich euch sagen«, meinte Peter. »Nachdem Cory Brand, Tim Frisch und noch vier andere Spieler gesperrt sind, sind damit wohl die besten Chancen für Shoremont flöten.«

»Na klar, und dann fehlt Justus noch als Papagei, da wird die Stimmung des College am Boden sein«, fügte Bob hinzu.

»Justus Jonas, erzähl mir nicht, daß du gekniffen hast, weil das Team am Verlieren ist!« sagte Kelly empört. »Das ist aber ganz gegen die Regeln der Cheerleader!«

»Er hat nicht gekniffen. Er wurde höflichst an die Luft gesetzt, als sich herausgestellt hat, daß er ein Hochstapler ist«, erklärte Bob.

Endlich hatte das Kleeblatt seine Plätze gefunden – ungefähr auf halber Höhe der Tribüne und direkt über der Mittellinie. Super Plätze, dank Trainer Duggan.

»Also Leute«, fragte Peter, kaum hatte Justus Platz genommen, »wer holt Hotdogs, Limo und Popcorn?«

»Kann jemand ein Würstchen mit mir *teilen*?« fragte Justus.

»Du brauchst 'ne neue Diät«, lachte Bob.

Da entdeckte Justus plötzlich die Gruppe der Cheerleader, die sich am Rand des Spielfelds einstimmten. »Ich hol' die Fressalien«, bot er an und kämpfte sich eilig durch den Gegenverkehr treppab. Als er unten ankam, blieb er stehen und starrte Sarah an, wobei er die neun Worte wiederholte, die er ungefähr fünfzigmal mit Bob eingeübt hatte. »Hast du Lust, mit mir ins Kino zu gehen?« Neun Worte, sieben davon einsilbig. Wo lag das Problem? Justus war bereit . . . oder so gut wie.

Er winkte Sarah zu, und sie kam rüber. »Hallo Justus«, sagte sie. Sie schien erstaunt, ihn zu sehen.

»Äh, hallo. Was hältst du von Kino?«

Ein verwirrter Ausdruck erschien auf Sarahs Gesicht.

Justus hüstelte. »Ich meine, du gehst doch ins Kino, oder? Also . . .« Neun Worte, sieben davon einsilbig. Warum brachte er sie nicht heraus?

»Justus, ich wollte dir noch danken, daß du dem College geholfen hast und als Papagei eingesprungen bist. Mann, als ich erfahren hab', daß du auf der High School bist und schon Detektiv, na ja, da hab' ich gedacht, Mensch, so 'ne Überraschung. Und dann hab' ich noch mal überlegt, und ich muß eigentlich sagen, bei Justus würde mich echt gar nichts überraschen.«

Justus holte tief Luft. »Also, dann kann ich ja fragen, ob du Lust hast, äh . . .«

Sarah unterbrach seine Pause. »Vielleicht treffen wir uns ja mal wieder, wenn du aufs College gehst.« Sie lächelte, berührte seinen Arm und ging.

Tja, das war's dann wohl, dachte Justus, als er Hotdogs, Popcorn und Getränke bestellte. Seine Chance, mit einer reizenden Studentin auszugehen, war dahin. Geplatzt. Keine Belohnung für die Lösung des Falls – für keinen. Shoremont würde verlieren, Peter mußte weiter mit der Arche fahren, Justus mußte zurück auf die Rocky Beach High School . . .

Klatsch! Justus konnte hören, daß er die Getränke verschüttet hatte, aber er sah nur noch dunkelrot. Langsam kapierte er, was los war – er war mit Trainer Duggan zusammengestoßen, der die dunkelrote Jacke und Kappe von Shoremont anhatte. Und das Cola, das Justus getragen hatte.

»Das tut mir furchtbar leid, Trainer Duggan«, fing Justus an.

Keine Reaktion aus den blauen Augen. »Macht nichts, Justus«, sagte er. »Cola soll ja gut sein, wenn's einem schlecht ist. Vielleicht sollte ich den Jungs in der Kabine auch eins bringen. Die können jeden Zuspruch gebrauchen. Stell dir vor, ein paar von ihnen haben in dieser Saison höchstens sechzig Sekunden gespielt. Aber sie wollen ihr Bestes geben.«

»Viel Glück auf jeden Fall«, murmelte Justus.

Der Trainer nickte ihm zu. »Hör mal, Justus, ich wollte mich noch bei dir speziell bedanken für alles, was du getan hast. Ich gehe ohne meine besten Spieler in das Endspiel. Wir haben nicht die geringste Chance zu gewinnen. Und trotzdem, ich hab' ein gutes Gefühl. Schon in die Sache in Boston war ich nicht verwickelt, und jetzt weiß hoffentlich auch jeder hier, daß ich unschuldig bin. Das verdanke ich euch – ihr habt es geschafft, meinen Ruf zu retten und diese Affäre aufzuklären.«

»Ach, das war doch nichts Besonderes, echt«, sagte Justus bescheiden.

Trainer Duggan wandte sich, um zu gehen, doch dann blieb er noch mal stehen und sagte: »Aber weißt du, was noch schwieriger ist, als für die Spieler Ersatz zu finden, Justus?«

Justus schüttelte den Kopf.

»Einen VIP wie dich zu ersetzen.«

Justus kapierte nichts. »VIP, Very Important Person?«

»Very Important Papagei! Du warst Spitze!«